Alfred Hitchcock

Les Trois jeunes détectives

L'épouvantable épouvantail

Traduit de l'américain
par Claude Voilier

HACHETTE
Jeunesse

SÉRIE *LES TROIS JEUNES DÉTECTIVES* DANS LA BIBLIOTHÈQUE VERTE

Le crâne qui crânait
La momie qui chuchotait
L'ombre qui éclairait tout
Le démon qui dansait la gigue
Le requin qui resquillait
Une araignée appelée à régner
Le journal qui s'effeuillait
Le Drakkar hagard
L'épouvantable épouvantail
L'éditeur qui méditait
La saisie des sosies
Le Chinois qui verdissait
Les douze pendules de Théodule
Le chat qui clignait de l'œil
Le tableau se met à table
La baleine emballée
L'aveugle qui en mettait plein la vue
L'épée qui se tirait
Au rendez-vous des revenants
Les caisses à la casse
La mine qui ne payait pas de mine
Le testament énigmatique
Le miroir qui glaçait
Le flibustier piraté
Le lion qui claquait des dents
Envolée, la volaille!
L'aigle qui n'avait plus qu'une tête
Silence, on tue!
Le dragon qui éternuait
L'insaisissable homme des neiges
L'ânesse qui se pavanait

L'ÉDITION ORIGINALE DE CE ROMAN, RÉDIGÉ AVEC LA COLLABORATION DE M.V. CAREY ET DE ROBERT ARTHUR, A PARU EN LANGUE ANGLAISE CHEZ RANDOM HOUSE, NEW YORK, SOUS LE TITRE :

THE MYSTERY
OF THE SINISTER SCARECROW

Hachette, 79, boulevard Saint-Germain, Paris VIe

Un mot d'Alfred Hitchcock

Salut, amateurs de mystère!

Une fois de plus, j'ai le plaisir d'écrire une courte préface comme introduction à une nouvelle aventure des Trois jeunes détectives, ces hardis limiers toujours en quête d'insolite et d'inédit.

Dans le cas présent, les trois garçons cherchent à venir en aide à une dame en détresse. Entreprise méritoire s'il en est. Mais dangereuse aussi, il faut le dire. Tandis que nos héros s'efforcent de mener à bien leur tâche, ils doivent se mesurer à un sinistre épouvantail qui hante le crépuscule et éviter le non moins sinistre bataillon de fourmis guerrières, qui ne demanderait pas mieux que de les dévorer.

Si vous connaissez déjà les Trois jeunes détectives, sautez vite au chapitre premier... Sinon, permettez-moi de vous présenter ce remarquable trio.

Hannibal Jones, le chef de file, est un gros garçon doté d'une mémoire encyclopédique et d'un merveil-

leux esprit de déduction. Peter Crentch, son lieutenant, a des réflexes rapides et des muscles à toute épreuve. Il n'apprécie pas toujours de voir Hannibal se lancer, tête baissée, dans l'aventure. Bob Andy, lui, est un écolier studieux, passionné de recherches et apte à mettre en place les morceaux du puzzle le plus compliqué. Ses amis l'ont baptisé « Archives et Recherches ».

Nos trois héros habitent Rocky, petite ville californienne en bordure de l'océan Pacifique, pas très loin de Hollywood.

Et maintenant que les présentations sont faites, lisez vite la suite...

ALFRED HITCHCOCK.

Chapitre 1

Étrange agression

« Gare ! hurla Peter Crentch, Cramponnez-vous ! Il va y avoir de la casse ! »

La fourgonnette du *Paradis de la Brocante*, le bric-à-brac appartenant aux Jones, était en train de zigzaguer sur un chemin de terre. Les freins grincèrent, encore et encore. Puis le véhicule finit sa course dans le fossé où il vint percuter un jeune chêne qui bordait celui-ci.

« Par tous les diables ! » s'écria Hans, le chauffeur.

Hans était l'un des deux frères bavarois qui travaillaient pour le compte des Jones. Il demeura assis un moment derrière son volant, respira à fond et lâcha une nouvelle imprécation :

« Misère de sort ! »

Puis, un peu soulagé d'avoir ainsi exhalé sa contrariété, il jeta un coup d'œil aux trois garçons qui l'accompagnaient.

Hannibal Jones — le neveu de ses employeurs

—, assis à côté de lui, semblait un peu secoué mais sain et sauf. Derrière eux, Peter Crentch et Bob Andy avaient suivi le conseil du premier et s'étaient cramponnés tant bien que mal pour n'être pas trop malmenés.

« Rien de cassé ? » demanda Hans avec une certaine anxiété.

Peter et Bob assurèrent qu'ils étaient indemnes et se détendirent.

Prudemment, les occupants de la fourgonnette mirent alors pied à terre pour évaluer les dégâts. Hans, consterné, s'aperçut qu'un des pneus avant avait éclaté. C'était lui la cause de ce stupide accident, sur un sentier tortueux de montagne !

« Miséricorde ! lança le Bavarois. Encore heureux que je n'aie pas roulé trop vite !

— Croyez-vous pouvoir sortir le véhicule du fossé ? » s'enquit Hannibal.

Hans hocha la tête d'un air sceptique. Il reprit place derrière son volant et tourna la clé de contact. Le moteur se mit à ronfler, Hans passa une vitesse et regarda par-dessus son épaule. Mais les roues arrière de la fourgonnette se contentèrent de tourner sans résultat dans la poussière du chemin.

Hans remit au point mort et sauta à terre.

« Nous voilà immobilisés, annonça-t-il. Hannibal ! Il faut téléphoner à votre oncle, Titus ! Il viendra avec la camionnette et nous tirera de ce fossé.

— Oh, là, là ! gémit Peter. Et téléphoner d'où ? »

Hans et les trois garçons regardèrent, autour d'eux, le paysage désolé. Ils avaient quitté Rocky vingt minutes plus tôt, pour répondre à l'appel du propriétaire d'un petit chalet, situé dans les montagnes de Santa Monica. Cet homme désirait se débarrasser du contenu de sa demeure avant de retourner vivre dans sa ville natale, dans l'Indiana.

Après avoir reçu son coup de téléphone, l'oncle Titus n'avait pas hésité.

« Quelques-uns de ces types qui vivent là-bas, sur la colline, possèdent parfois des choses intéressantes, avait-il déclaré. Ecoute, Hannibal, va donc voir, avec Hans ou Konrad, ce que ce particulier veut vendre. Si son lit est bien en cuivre, comme il le prétend, achète-le. Achète également tout ce qui est susceptible d'être revendu.

— Mais rien de trop excentrique, s'il te plaît, Hannibal ! » avait vivement ajouté la tante Mathilda Jones.

La brave femme était toujours irritée quand l'oncle Titus revenait d'une tournée en ramenant des objets qu'elle jugeait difficiles à écouler. En fait, ses craintes étaient sans fondement. Titus était bon acheteur et bon vendeur. Le *Paradis de la Brocante* jouissait d'une réputation qui, débordant Rocky, s'étendait très loin, tant au nord qu'au sud, le long de la côte du Pacifique. Les acquéreurs n'hésitaient pas à faire des kilomètres pour trouver quelque objet original qu'ils auraient été bien en peine de dénicher ailleurs. C'est ainsi que, généralement, même les choses les plus extraordinaires se vendaient.

A la pensée d'acheter lui-même de la marchandise, Hannibal s'était senti tout fier. Jusqu'alors, l'oncle Titus se jugeait seul qualifié pour choisir ce qui était digne de figurer dans son bric-à-brac. Le jeune garçon s'était hâté de faire signe à ses amis Bob et Peter. Puis il avait prévenu les deux grands Bavarois. En un rien de temps, Hans avait sorti la fourgonnette et tous quatre s'étaient mis en route.

Pour commencer, une fois hors de Rocky, Hans avait suivi la côte nord jusqu'à un embranchement où il avait tourné pour engager son véhicule sur la route de Chaparral Canyon, voie large et bien pavée qui grimpait à flanc de colline pour redescendre ensuite vers la vallée de San Fernando. Après avoir roulé sur environ six kilomètres, Hans avait encore tourné pour prendre un chemin de terre : Rock Rim Drive. Deux cents mètres plus loin, le pneu éclatait.

« Il me faudra sans doute renoncer à acheter quoi que ce soit aujourd'hui, soupira Hannibal. J'ai idée que nous allons être obligés de revenir à pied à Rocky. »

L'air sombre, il contempla les buissons qui hérissaient le paysage autour de lui. Sur la gauche, une vieille maison déglinguée, bâtie à flanc de colline, surplombait le chemin. De toute évidence, personne ne l'habitait depuis belle lurette. Les fenêtres du rez-de-chaussée disparaissaient sous des planches qu'on avait clouées dessus et celles de l'étage n'avaient plus de vitres.

« Aucune chance de trouver un téléphone dans cette bicoque, grommela Peter.

— Hé ! Regardez ! »

Bob, le doigt tendu, désignait un point sur la colline, plus haut que la vieille maison, et plus à droite par rapport aux garçons. Ceux-ci aperçurent, trouant l'écran vert d'une rangée d'eucalyptus, la note rouge d'une portion de toit en tuiles.

« Il y a une autre maison là-haut, presque au sommet de la colline, ajouta Bob, tout joyeux de sa découverte. Elle semble importante. Elle doit surplomber Chaparral Canyon.

— Peut-être n'aurons-nous pas besoin de monter jusque-là, dit Hannibal. Voyez-vous cette vieille grange, à mi-pente ? Je distingue des fils téléphoniques qui y aboutissent. Peut-être quelqu'un habite-t-il là... et si nous coupons à travers ce champ de blé... »

Il s'interrompit brusquement, l'air intrigué.

« Qu'y a-t-il ? demanda Bob.

— Ce champ de blé », répondit Hannibal.

Il prit appui sur la barrière qui bordait le chemin et le considéra en murmurant :

« Qui s'attendrait à trouver un champ de blé au milieu des montagnes de Santa Monica ? »

Sous le brûlant soleil d'août, le blé qui poussait dans le petit champ apparaissait, haut et très vert. Les épis déjà gonflés se balançaient sur leurs tiges. Tout autour, on pouvait voir que le sol avait été soigneusement arrosé. Quelqu'un s'était donné un mal fou pour faire pousser ces céréales. A l'autre extrémité du champ, on apercevait un épouvantail, perché sur une barrière. Il regardait les garçons avec des yeux formés par deux trous triangulaires découpés dans le sac en toile d'emballage qui composait son visage.

Hannibal hocha la tête :

« C'est un curieux endroit, pour une grange.

— Estimons-nous heureux qu'elle soit là, fit remarquer Bob. Et félicitons-nous qu'il y ait le téléphone. Allez! On y va?

— Pas tous à la fois! protesta Hannibal. Si le fermier aperçoit une petite troupe en train de piétiner son blé, ça pourrait bien ne pas lui plaire. »

Peter s'assit aussitôt, le dos appuyé contre un des pieux de la barrière.

« Tout à fait d'accord! dit-il. Je propose qu'Hannibal se rende là-bas tout seul. Escalader la moitié de cette colline lui fera le plus grand bien. Il a besoin d'exercice. »

Hannibal fit la grimace. Il savait bien qu'il était trop gros, mais n'aimait pas qu'on fît allusion à son poids.

« De toute manière, il faut bien que quelqu'un y aille! dit Hans.

— Bon, bon, j'ai compris! » soupira Hannibal.

Sans trop d'agilité, il passa par-dessus la barrière et commença à traverser le champ de blé dont les épis arrivaient presque à hauteur de sa tête. Connaissant la valeur d'une plantation de céréales, surtout au milieu de ces collines arides, le jeune garçon n'avançait qu'avec précaution, regardant bien où il posait les pieds. Sa progression n'était pas silencieuse. Sur son passage, le blé bruissait et lui-même, déjà hors d'haleine, soufflait bruyamment. Au fur et à mesure qu'il allait de l'avant, la pente devenait plus raide. A la fin, il marcha presque courbé en deux.

Ayant fait halte pour se reposer un peu, il regarda à travers les tiges et aperçut de nouveau l'épouvantail. Son visage était tourné vers lui. La bouche du mannequin semblait sourire... d'un sourire oblique et moqueur.

« Encore quelques mètres, se dit Hannibal à lui-même, et je déboucherai à proximité de la grange. »

Il commençait à se redresser lorsque, soudain, une forme noire s'abattit sur lui, le frappant rudement. En même temps, une voix furieuse hurlait à son oreille :

« Maudite chose! Je vais faire sauter ta tête de sur tes épaules! »

Sous le choc, Hannibal exhala ce qui lui restait d'air dans les poumons. Ses jambes se dérobèrent sous lui. Un homme fou de rage, les yeux exorbités, — celui-là même qui venait de l'attaquer — le frappa de nouveau.

Hannibal roula parmi les tiges de blé, en écrasant sous lui un bon nombre... Ahuri, il leva les yeux et aperçut son agresseur. Celui-ci, sinistre ombre noire, était agenouillé sur lui. D'une main, il le tenait à la gorge tandis que, de l'autre, il brandissait un gros quartier de roc, haut levé, dont il s'apprêtait à lui broyer le crâne...

Chapitre 2

L'entomologiste

Hannibal réussit à émettre un cri de détresse : « Monsieur... je vous en prie... »

L'homme desserra aussitôt son étreinte.

« Quoi... Quoi... mais vous n'êtes qu'un enfant ! » bégaya-t-il.

On entendit le bruit de quelqu'un qui se frayait un passage à travers les épis de blé. Des pas ébranlèrent le sol et, soudain, Hannibal vit, se détachant contre le ciel, la silhouette herculéenne et réconfortante de Hans.

« Vous n'auriez pas dû frapper ce garçon ! » gronda le grand Bavarois.

Sans effort apparent, il souleva l'inconnu et, l'expédiant comme un paquet de linge sale, l'envoya rouler un peu plus loin sur la pente.

« Vous mériteriez que je vous réduise en chair à saucisse ! » ajouta-t-il d'une voix menaçante.

Hannibal se remit lentement debout. Il s'aperçut que l'homme qui l'avait attaqué levait sur Hans des yeux clignotants. Il semblait doté d'une très mauvaise vue. Ses mains tâtonnaient à l'aveuglette autour de lui, au ras du sol.

« Mes lunettes ! réclama-t-il d'une voix plaintive. J'ai perdu mes lunettes ! »

Bob et Peter venaient d'arriver dans le sillage de Hans. Bob se baissa pour ramasser une paire de lunettes à monture d'écaille, pourvues d'épaisses lentilles grossissantes. Il les tendit à l'inconnu. Celui-ci se hâta de les essuyer sur le devant de sa chemise avant d'en chausser son nez. Seulement alors, il se releva en époussetant son pantalon de toile bleue.

« Quelle mouche vous a piqué ? demanda rudement Hans, Est-ce que vous êtes fou pour avoir ainsi sauté sur Hannibal ?

— Je regrette vivement », répondit l'homme avec quelque raideur. A sa voix, on devinait qu'il ne lui plaisait guère de reconnaître ses erreurs. « Je regrette vraiment, répéta-t-il en s'adressant cette fois à Hannibal. Je vous ai pris pour l'épouvantail et... »

Il s'arrêta net. Son regard alla se poser sur l'épouvantail perché sur sa barrière et qui continuait de sourire, de son sourire oblique.

« Je veux dire, se reprit-il, que... heu... nous avons eu des ennuis avec des maraudeurs. Ils piétinent mon blé... et me dérangent... Je crois que j'ai perdu mon sang-froid en vous apercevant. J'ai pensé qu'il s'agissait d'un rôdeur en train de gravir la colline. »

Il fit une pause. Son crâne luisait sous l'implacable soleil. Ses yeux pâles papillotaient derrière les verres. Hannibal constata qu'il n'avait rien d'un colosse. A peine plus grand que le jeune Jones, il était beaucoup plus mince. N'empêche qu'il semblait musclé et avait le teint bronzé : sans doute passait-il beaucoup de temps au grand air et prenait-il pas mal d'exercice. En dépit de sa calvitie, Hannibal ne lui donnait pas plus de trente-sept ou trente-huit ans.

« Vous savez, expliquait l'homme, je ne vous aurais jamais frappé avec ce gros caillou. Je voulais seulement voir qui vous étiez.

— Vous pensiez que j'étais un épouvantail! dit Hannibal.

— Oh, non! Non! Bien sûr que non! Quelle absurdité! Vous avez dû mal me comprendre... Et maintenant, si vous me racontiez ce que vous faisiez dans mon champ de blé ? »

Hannibal remarqua la promptitude avec laquelle l'inconnu avait repris l'offensive. Sans se faire prier, il exposa les motifs de sa présence :

« A la suite de l'éclatement d'un pneu, la fourgonnette qui nous transportait a atterri dans le fossé, tout près d'ici. J'ai aperçu des fils téléphoniques aboutissant à cette grange, là-bas, et je venais demander la permission de téléphoner à mon oncle pour le prier de nous dépanner. J'ai pensé aller plus vite en coupant à travers champs.

— Je vois. Eh bien, je suis navré de vous avoir fait peur et... naturellement, vous pouvez utiliser mon téléphone. »

Là-dessus, l'homme pivota sur ses talons et se

mit à gravir la colline. A sa suite, Hans et les garçons franchirent la barrière et traversèrent un petit pré pour aboutir à la vieille grange, peinte en rouge. Leur guide ouvrit la grande porte, donna la lumière — qui jaillit de tubes fluorescents — et invita ses visiteurs à entrer.

Le vaste bâtiment ne contenait ni bétail ni machines agricoles. Il n'abritait que de longues tables chargées d'un étrange équipement disposé dans un ordre parfait. Avant qu'Hannibal ait eu le temps de mieux regarder, son hôte le conduisit à un bureau supportant un appareil téléphonique. dans un coin de la grange.

« Faites donc votre appel ! » dit-il en désignant le téléphone à demi enfoui sous des paperasses et des livres.

Pendant qu'Hannibal formait le numéro de l'oncle Titus, Bob, Peter et Hans jetaient autour d'eux des regards pleins de curiosité. Sur une longue table, près de l'entrée, ils aperçurent plusieurs cadres en bois, de forme carrée, fermés d'un côté par un grillage très léger et, de l'autre, par un panneau de verre. Ces cadres étaient vides.

Une caméra, montée sur un petit chariot, était braquée sur l'un des cadres.

Sur une autre table, non loin de la première, étaient disposées de grandes jarres. Bob plongea son regard à l'intérieur de l'une d'elles et distingua ce qui lui parut être des lambeaux de mousse. Puis, avec un choc, il se rendit compte qu'il se trompait du tout au tout. Ce qu'il avait sous les yeux était une armée de fourmis bien vivantes... des fourmis brunes, aux longues pattes, qui, accrochées les unes aux autres, formaient comme une chaîne.

Bob, fasciné et vaguement dégoûté, resta un bon moment à regarder les insectes.

Hannibal raccrocha enfin.

« Tout est arrangé ! annonça-t-il. L'oncle Titus doit nous rejoindre à Rock Rim Drive d'ici une demi-heure.

— Eh bien, voilà qui est parfait ! » déclara l'homme chauve.

Déjà, il se dirigeait vers la porte, comme pour inviter le petit groupe à prendre congé, quand la voix de Bob s'éleva :

« Est-ce que vous collectionnez les fourmis, monsieur ?

— Oui, bien sûr, en un sens ! » répondit l'homme.

Pour la première fois, sa voix recélait quelque chaleur.

« En fait, expliqua-t-il, je ne me contente pas de les collectionner. Je les observe. Je note leur comportement. Puis j'essaie de prévoir ce qu'elles vont faire. Je ne cesse de les surveiller pour savoir si mes prévisions sont justes ou non.

— Vous êtes un entomologiste », conclut Hannibal.

L'homme sourit.

« Rares sont les jeunes de votre âge qui connaissent ce mot !

— Oh ! lança Peter, Hannibal lit beaucoup. Il accumule les connaissances. La moitié du temps, nous ne savons même pas de quoi il parle. Au fait, comment vous a-t-il appelé? Un ento... entomo...?

— Entomologiste, dit l'homme. L'entomologie est la science qui a pour but l'étude des insectes. C'est effectivement mon métier. Je m'appelle Wooley. Charles Wooley. J'ai écrit plusieurs ouvrages sur les fourmis guerrières. J'ai commencé un nouveau livre... mais je n'en connais pas encore la fin.»

Il sourit largement. Hannibal se dit que c'était certainement un homme affable quand il voulait s'en donner la peine. Et puis, une idée cocasse lui vint : avec sa tête trop grosse pour son corps mince, avec ses yeux protubérants derrière les verres épais, avec son crâne chauve et son menton pointu, Wooley ressemblait lui-même à une fourmi géante. Amusé, Hannibal considéra en silence son front haut et large, comme s'il s'attendait presque à y voir pousser des antennes.

Wooley, conscient de cet examen silencieux, se passa la main sur la tête.

«Qu'y a-t-il? Me suis-je sali ou taché?»

Hannibal tressaillit.

«Oh, non, monsieur. Je pensais à votre livre. Si vous n'en connaissez pas la fin, j'en déduis que vous n'avez pas encore achevé d'étudier les insectes qui se trouvent ici. Cette grange vous sert de laboratoire, n'est-ce pas?

— Le flanc tout entier de cette colline est mon laboratoire, rectifia Wooley. Mais, dans cette grange, je me livre à des observations spéciales. Ces cadres que vous voyez me servent à tenir mes fourmis prisonnières quand je souhaite les photographier. La caméra, au-dessus de la table, est munie d'un objectif grossissant. Il y a une chambre noire dans le coin, là-bas. Les fourmis que vous apercevez dans les jarres proviennent d'une colonie qui vit dans la petite serre, derrière la grange. Du moins... c'est là qu'elle vit à présent. Mais ces fourmis peuvent décider, à brève échéance, de se transporter autre part. Je m'attends à ce qu'elles émigrent d'ici peu.

— Quand elles partiront, connaîtrez-vous alors la fin de votre livre? demanda Bob. Et où, à votre avis, iront-elles se fixer?

— Je ne pense pas qu'elles s'en aillent très loin, dit Wooley. Peut-être grimperont-elles la colline pour se rapprocher de la grande maison. Comme il s'agit de fourmis guerrières, nous appelons l'endroit où elles se fixent un bivouac... ou un camp. Les fourmis ressemblent beaucoup aux abeilles. La colonie entière dépend de la reine. Quand celle-ci se prépare à pondre, elle est énorme et ne peut guère se déplacer. La colonie se fixe alors à un endroit précis et les ouvrières partent chaque jour en quête de nourriture. Une fois que la reine a pondu ses œufs et retrouvé sa sveltesse, elle est de nouveau capable de se déplacer et la colonie lève le camp. La colonie qui se trouve actuellement dans la serre a émigré plusieurs fois déjà depuis que je suis ici. Une légion de fourmis guerrières en marche est un spectacle assez impressionnant, croyez-moi!»

Hannibal fronça les sourcils.

«Je ne savais pas qu'il y avait des fourmis guerrières dans cette région, dit-il. Je me rappelle avoir lu des histoires effroyables au sujet des fourmis guerrières d'Afrique. Est-il vrai que celles qui pénètrent dans les villages indigènes dévorent tout ce qu'elles trouvent sur leur passage, y compris de très gros animaux?»

Wooley répondit avec entrain :

«Parfaitement vrai! La plupart des fourmis, voyez-vous, sont végétariennes. Mais les fourmis guerrières sont carnivores. Leur espèce est à la fois nomade et prédatrice. Les Africains appellent ces féroces insectes les "visiteuses" et s'enfuient dès qu'une de leurs armées en marche est signalée. C'est que ces terribles bestioles pourraient aisément dévorer un être humain... Elles l'ont d'ailleurs fait!»

Peter se sentit frissonner, mais Wooley continua à parler avec enthousiasme de ses bien-aimés insectes, peu sensible aux scènes affreuses qu'il venait d'évoquer.

«Les fourmis, cependant, ont leur utilité. Elles mangent les rats, les mille-pattes et tout ce qu'elles peuvent trouver. Quand, après un de leurs raids, les Africains regagnent leur village, ils trouvent leurs demeures nettes de toute vermine.

— Mais sur notre continent, monsieur? demanda Bob.

— Oh, chez nous, les fourmis guerrières ne sont pas aussi féroces qu'en Afrique! Elles mangent bien de petits animaux à l'occasion mais, en général, se contentent d'autres insectes. Leur zone résidentielle est beaucoup plus étendue que vous ne le supposez. Une espèce se rencontre à Panama et au Mexique. Une autre peuple les Etats-Unis : on peut la trouver n'importe où au-dessous du quarante-cinquième degré de latitude. Autrement dit, aussi loin au nord que dans l'Oregon et le Maine. Enfin, il y a l'espèce qui vit ici sur cette colline. Ce n'est pas exactement la sorte de fourmis guerrières que l'on s'attendrait à y trouver. Leurs pattes sont plus longues que la normale et leur corps cuirassé plus épais. »

Wooley fit une pause. Son visage trahissait l'intérêt passionné que lui inspirait le sujet.

« Voulez-vous voir quelque chose d'extraordinaire ? proposa-t-il soudain. Eh bien ! Suivez-moi ! »

Sans attendre de réponse, il ouvrit la porte et sortit. Hans et les garçons le suivirent.

« Ce terrain, expliqua l'entomologiste tout en marchant, appartient à Chester Radford. Peut-être le connaissez-vous de nom. Il est très riche et très généreux. Bien des savants sont autorisés à puiser dans sa bourse pour mener à bien leurs travaux. Je faisais quelques recherches dans la région, au printemps dernier, quand j'ai repéré d'étranges fourmis guerrières. J'ai vérifié qu'elles appartenaient à une espèce peu commune... tout en déplorant qu'elles fussent sur une propriété privée : celle de M. Radford. Celui-ci est rarement chez lui. Il passe beaucoup de temps à l'étranger. Mais je suis entré en relation avec lui et il a eu l'extrême bonté de me permettre de m'installer ici et d'utiliser la grange comme laboratoire. Il a par ailleurs débloqué des fonds pour me faciliter la poursuite de mes travaux. N'est-ce pas merveilleux ? »

Après avoir dépassé et contourné la grange, Wooley s'arrêta devant une petite serre qui, de prime abord, semblait abandonnée. La porte grinça quand il la poussa.

« Et maintenant, admirez ma colonie de fourmis guerrières ! »

Charles Wooley s'agenouilla et désigna du doigt une masse noire et compacte qui pendait de sous une table. Cette masse ondulait légèrement dans le courant d'air venu de la porte ouverte. Ce mouvement rappela à Hannibal les vagues soyeuses d'une fourrure sur laquelle on souffle. La masse en question, énorme, était constituée par des grappes de fourmis agrippées les unes aux autres.

« Pouah ! fit Peter.

— Fascinant, n'est-ce pas ? dit Wooley. Ces fourmis ne ressemblent à aucune des autres fourmis guerrières que j'ai vues. Peut-être s'agit-il d'une nouvelle espèce. Ou encore de mutantes. Depuis combien de temps peuplent-elles la région ? D'où viennent-elles ? Autant de questions auxquelles je m'efforce de trouver une réponse. »

Hans regardait d'un air dégoûté la masse compacte des bestioles.

« Je crois que nous ferions bien de partir,

suggéra-t-il. M. Jones va être là d'un instant à l'autre.»

Il sortit. Les garçons le suivirent. Longeant le champ de blé, tous quatre redescendirent en direction de Rock Rim Drive. Au bout d'un moment, Hannibal se retourna.

Wooley, debout près de la barrière protégeant le champ de blé, les regardait partir. Toujours perché sur cette même barrière, l'épouvantail, lui aussi, semblait surveiller leur départ, avec les triangles vides de ses yeux et le sourire vaguement menaçant de sa bouche.

«Quel homme bizarre! dit Peter. Il est vraiment toqué de ses fourmis!

— Ce n'est pas tellement ça qui m'intrigue, répliqua Hannibal. Le plus curieux est que ce très sérieux savant ait pu me confondre avec un épouvantail vivant!»

Chapitre 3

Curieux témoignage

« Voyons, Babal ! Tu n'y penses pas ! s'écria Peter. D'ici à l'embranchement de Rock Rim Drive, il y a plus de six kilomètres et ça monte dur. Voyons, pourquoi irions-nous nous fatiguer à pédaler sous le soleil, juste pour jeter un autre coup d'œil à ce stupide épouvantail ? »

Plusieurs heures s'étaient écoulées depuis l'aventure des garçons sur la colline appartenant à Chester Radford. Hannibal, Peter et Bob se trouvaient présentement attablés dans un café du front de mer, à Rocky. Tout en se régalant de glaces parfumées, ils discutaient des événements de la matinée.

Hannibal venait d'expliquer à ses camarades qu'il avait trouvé un prétexte pour renoncer à son expédition mercantile dans les collines : l'oncle Titus se rendrait lui-même au chalet et achèterait ce qui lui plairait. Quant à lui, Hannibal, il mettrait sa liberté à profit pour retourner inspecter l'étrange champ de blé et l'épouvantail. Peter et Bob n'étaient guère enthousiastes.

« Vous n'êtes donc pas curieux du tout? leur dit Hannibal d'un ton chargé de reproche. Vous n'avez pas envie de regarder sous le nez ce sinistre épouvantail?

— Il n'a rien de sinistre, protesta Peter. Ce n'est qu'un tas de vieux vêtements bourrés de paille.

— Dans ce cas, pourquoi Charles Wooley s'imagine-t-il avoir vu un épouvantail vivant sur la colline? demanda Hannibal. Pourquoi m'a-t-il attaqué?

— Je crois que tu es en train de bâtir un mystère à partir de rien, déclara Bob. Wooley est prompt à s'emballer, voilà tout! »

Hannibal hocha la tête, d'un air peu convaincu.

« Non, mon vieux, tu te trompes. Wooley a fait plus que s'emballer : il était furieux et effrayé à la fois. Personne, normalement, n'aurait fait preuve de pareille violence contre un simple rôdeur. Wooley brandissait une grosse pierre au-dessus de ma tête. S'il m'avait frappé, il aurait pu me tuer. »

Il fit une pause et ajouta :

« Malgré tout, je ne pense pas que ce soit un homme violent de nature. Dès qu'il a vu qui j'étais, il s'est calmé. C'est seulement quand il a cru que j'étais une " chose " qu'il est sorti de ses gonds. Rappelez-vous! Il m'a traité de " maudite chose "! Exactement comme si je n'étais pas un être humain! Ce n'est pas normal. S'il m'avait appelé garnement ou sale maraudeur, je n'y aurais pas prêté attention. Mais "maudite chose"! Et puis, quand il s'est excusé, il a avoué qu'il m'avait pris pour un épouvantail.»

Peter ricana.

«Tu es trop gras pour faire un épouvantail!»

Un jeune homme, vêtu d'une chemisette et d'un pantalon noir, dégustait un café au bar, non loin de la table des trois garçons. Brusquement, il se tourna vers eux et regarda Hannibal.

«C'est vrai, dit-il. Vous êtes trop en chair pour faire un épouvantail. Et trop petit aussi!»

Bouche bée, le trio dévisagea l'indiscret consommateur. Celui-ci, sa tasse de café à la main, vint s'asseoir à leur table. D'un geste machinal, Peter se poussa pour lui faire place.

«Je suppose, reprit le jeune homme, que vous êtes en train de parler de l'épouvantail au-dessus de la route de Chaparral Canyon... celui qui se balade à travers la propriété de Chester Radford? Je serais fort surpris s'il existait un autre épouvantail au monde capable de se livrer à de pareilles excentricités.»

Hannibal fut le premier à retrouver l'usage de la parole.

«Vous voulez dire... que cet épouvantail marche vraiment?» demanda-t-il.

Le jeune homme répondit par un signe de tête affirmatif. Il semblait prendre plaisir à l'émotion qu'il venait de provoquer.

«Je l'ai vu de mes yeux, déclara-t-il. Je m'appelle Cocklin, Larry Cocklin. Je travaille pour le compte de la Société S.A.E.D.S.... Systèmes d'Alarme et de Sécurité. Comme son nom l'indique, ma maison pose des systèmes d'alarme antivol. Nous les installons et veillons à leur bonne marche. C'est nous qui avons posé le système de sécurité du musée Mosby, au-dessus de Chaparral Canyon.»

Hannibal acquiesça du chef :

«Je connais l'endroit.

— Extraordinaire, pas vrai? s'écria Larry Cocklin. On prétend que ce vieux millionnaire de Mosby, qui a fait construire le musée, voulait que sa maison soit plus imprenable qu'une forteresse. Remarquez que c'est logique. Le bâtiment est plein de toiles de maîtres venues des quatre coins du monde. Nous avons doté le musée d'un système protecteur particulièrement efficace. Et nous le vérifions au moins une fois par semaine pour être sûrs qu'il fonctionne bien.

— Si vous nous parliez plutôt de l'épouvantail? suggéra Hannibal.

— Oh, oui, bien sûr! Eh bien, un soir de la semaine dernière, alors que je me trouvais précisément au musée, je me préparais à repartir en voiture quand j'ai aperçu un épouvantail en train de tourner l'angle de la villa des Radford. Celle-ci se dresse juste de l'autre côté de la route. Je n'ai entrevu l'épouvantail qu'une seconde à peine. Il s'est élancé pour dégringoler la colline et je l'ai perdu de vue.»

Larry Cocklin fit une pause et but une gorgée de café.

«Et alors? fit Hannibal.

— Alors, rien. J'ai pensé avoir eu des visions. Le crépuscule était tombé et on y voyait mal. Je suis resté immobile un instant, essayant de revoir la scène sur l'écran de ma mémoire. Elle m'est apparue clairement. C'est bien un épouvantail que j'avais vu. Mais qu'auriez-vous fait à ma place ? Je ne pouvais aller sonner à la porte de Mosby pour expliquer qu'un épouvantail se baladait dans le voisinage. On m'aurait cru timbré !

— Ça, c'est sûr ! jeta Peter.

— Voilà pourquoi j'ai été content de vous entendre parler de ce mannequin baladeur, jeunes gens !» Il se tourna vers Hannibal : « Quelqu'un vous a pris pour l'épouvantail, n'est-ce pas ? Cependant, vous ne lui ressemblez pas du tout !

— J'avançais à travers un champ de blé, expliqua le gros garçon. La personne qui m'a sauté dessus ne pouvait pas me voir nettement.

— Je comprends.

— A quoi ressemblait votre épouvantail ? demanda Bob.

— Ma foi, il était de taille moyenne... plus grand que votre copain. Et mince ! Il portait un chapeau noir et une veste claire. Je n'ai pu distinguer ses traits. Son visage n'était qu'un ovale blanc. De la paille sortait de ses manches. C'est pourquoi j'ai compris qu'il s'agissait d'un épouvantail. »

Cocklin acheva de vider sa tasse et se leva :

« Je n'ai pas l'intention de fourrer mon nez dans des affaires qui ne sont pas les miennes, déclara-t-il, et peut-être que vous feriez bien de suivre mon exemple. Il y avait quelque chose d'assez sinistre dans l'apparence de cet épouvantail. A votre place, je m'empresserais d'oublier toute l'histoire. »

Les garçons ne répondirent pas. Un instant plus tard, Cocklin était parti.

Hannibal lança un coup d'œil rusé à ses amis :

« Alors, mes enfants ? On laisse tomber ?

— Je le voudrais bien, répliqua franchement Peter. Seulement tu ne cesserais pas de me harceler. Allons-y donc ! Mais ça fait un sacré bout de chemin d'ici au champ de blé... »

Les trois détectives sortirent du café, prirent leurs bicyclettes et, bientôt, se trouvèrent, pédalant avec ardeur, sur la nationale côtière, en direction du nord. Ils ne tardèrent pas à tourner dans Chaparral Canyon. A partir de là, il leur fallut attaquer la colline. La montée était rude.

Quand ils arrivèrent enfin à l'embranchement de Rock Rim Drive, Peter, qui roulait en tête, s'arrêta et attendit ses camarades.

« Qu'est-ce qu'on fait, Babal ? demanda-t-il. On traverse le champ de blé, comme ce matin ?

— Non pas ! Je n'ai pas envie de mettre de nouveau M. Wooley en colère. Mais regardez là-bas, ce sentier ! Il traverse la propriété Radford et relie la villa à Rock Rim Drive, en redescendant le long du champ de blé.

— Nous risquons tout autant d'irriter M. Wooley en le suivant, fit remarquer Bob. Et il nous faudra plus de temps.

— Du moins n'aurons-nous pas l'air de nous cacher ! » répliqua Hannibal.

Il prit la tête de la petite colonne et grimpa au flanc de Chaparral Canyon jusqu'à l'endroit où un étroit chemin de terre s'engageait dans la propriété. Une fois au sommet de la colline, les détectives apercevraient la grange qui servait de laboratoire à l'entomologiste et aussi la serre où vivait l'effrayante colonie des fourmis guerrières.

Hannibal leva la tête : ils approchaient de la villa. C'était une vaste bâtisse en forme de L, avec un toit de tuiles rouges. Dans l'angle formé par les deux jambages de l'L, on avait installé une piscine avec terrasse. Des pelouses soigneusement entretenues entouraient la luxueuse demeure.

Arrivés tout en haut, les trois garçons virent que, face à la maison Radford, mais du côté opposé de la route, se dressait un autre bâtiment, d'une architecture archaïque, et sans une seule fenêtre. Tout en béton, semblait-il !

« La maison Mosby ! dit Peter. Une vraie curiosité ! Et un curieux endroit, aussi, pour un musée... au sommet d'une colline !

— C'était la résidence principale de Mosby quand il vivait encore, expliqua Hannibal. Depuis sa mort, cette espèce de mausolée a été converti en musée. Et comme celui-ci abrite de fabuleuses collections d'œuvres d'art, le fait que ce cube de béton soit dépourvu de fenêtres est un réel avantage. Il équivaut à un gigantesque coffre-fort !

— Mais qu'il est donc laid! soupira Bob. Les Radford ont dû être fous de rage quand on a construit cette vision de cauchemar!»

Tout en parlant, les trois garçons avaient poussé les bicyclettes en direction du rideau d'eucalyptus où s'amorçait l'autre versant de la colline. A présent, ils avançaient en silence. Chacun revoyait par la pensée Charles Wooley, écumant de fureur, tel qu'il leur était apparu dans la matinée.

Quand ils atteignirent les arbres, ils aperçurent au-dessous d'eux le champ de blé et l'épouvantail. Abandonnant leurs vélos, ils descendirent jusqu'au mannequin fixé sur la barrière et l'examinèrent de près.

L'épouvantail n'avait pas de jambes! Il était principalement constitué par un bâton vertical cloué sur la barrière. Un second bâton, fixé en travers du premier, figurait les bras. On avait habillé cette rudimentaire armature d'un chapeau noir, d'une veste de velours fané, et d'une paire de gants de jardinage. Le tout, bourré de paille. Quant au visage, il était formé par un sac de toile d'emballage, noué au cou par une ficelle. Deux triangles noirs figuraient ses yeux et un trait de charbon sa bouche grimaçante.

«Ce truc-là n'a jamais marché! constata Hannibal, presque consterné. Ce n'est pas possible!»

Un silence tomba. Soudain, entendant un léger bruit, les garçons se retournèrent. Une jeune femme se tenait derrière eux. Sans doute avait-elle descendu à leur suite le sentier à partir de la rangée d'eucalyptus.

Au premier coup d'œil, elle semblait sortir d'une affiche vantant quelque produit de luxe. Elle était mince, racée, avec un visage distingué et des vêtements d'une suprême élégance : pantalons de soie bleue et tunique de soie peinte à la main. Mais, en la regardant de plus près, on remarquait ses cheveux blonds en désordre, ses traits tirés et ses yeux à l'expression apeurée.

La jeune femme regarda les trois garçons :

« Que venez-vous de dire ? demanda-t-elle à Hannibal. il se tut. Il ne voulait pas se rendre ridicule en répétant que l'épouvantail ne pouvait pas marcher. Le chef des détectives avait horreur du ridicule !

Mais la femme insista.

« Vous avez dit qu'il ne pouvait pas marcher, n'est-ce pas ? »

Sa voix avait monté d'un ton. On devinait qu'elle la contrôlait difficilement.

« Que savez-vous à propos de cet épouvantail ?

— Rien, vraiment, assura Hannibal. Ou si peu... Nous avons rencontré un homme, en ville, qui nous a affirmé avoir vu un épouvantail se promener par ici. Cela nous a semblé étrange et nous sommes venus nous rendre compte par nous-mêmes.

— Un homme a vu l'épouvantail ? » Le visage de la jeune femme révélait un intérêt passionné.

« Comment s'appelle cet homme ? Où habite-t-il ? »

Hannibal hésita. Larry Cocklin travaillait pour la société responsable de l'installation de sécurité du musée Mosby. Que penseraient ses employeurs s'ils apprenaient que le jeune homme colportait cette étrange histoire d'épouvantail se promenant au crépuscule sur la colline ?

La femme s'impatientait.

« Eh bien ?

— Cet homme n'était là que de passage, répondit Hannibal. Nous ne le connaissons pas vraiment. Il a dit seulement qu'il avait vu l'épouvantail rôder autour de la maison des Radford.

— Je le savais ! » s'écria l'inconnue. Elle riait à présent, d'un rire presque hystérique. « Il existe bel et bien un épouvantail qui marche ! Il existe ! Il existe ! Et j'ai un témoin ! »

Là-dessus, elle se couvrit le visage de ses mains et éclata en sanglots.

Chapitre 4

Une fille bizarre

Stupéfaits et ennuyés, les trois garçons contemplaient la jeune femme en pleurs. Ils ne savaient que faire. Au bout d'un moment, elle se calma et les regarda d'un air gêné.

« Excusez-moi, murmura-t-elle. Vous devez me croire folle. Tout le monde, du reste, pense que je le suis. Mais c'est faux, n'est-ce pas ? L'épouvantail marche bel et bien ! »

Hannibal jeta au mannequin dépourvu de jambes un coup d'œil sceptique qu'elle intercepta.

« Bien entendu, rectifia-t-elle, je ne prétend pas qu'il s'agit de cet épouvantail-là. Mais il doit en exister un autre qui lui ressemble.

— Vous voulez dire qu'il pourrait avoir un jumeau ?

— Qui sait ? En tout cas, quelqu'un l'a vu se déplacer... Voyons ! Cela vous ennuierait-il de remonter avec moi jusqu'à la villa ? J'aimerais bien que vous disiez à Mme Chumley que je n'ai pas inventé cette histoire.

— Nous ne savons pas grand-chose, répondit prudemment Hannibal.

— Si vous refusez, répliqua la jeune femme d'un ton sec, quittez immédiatement cette propriété! Au fait, qu'êtes-vous venus y faire? Ce qui s'y passe ne vous regarde pas.

— Vous avez raison, acquiesça Hannibal sans se troubler. Cela ne nous regarde pas. Mais un épouvantail qui se promène constitue un mystère. Et le mystère, voyez-vous, c'est notre domaine!»

Il sortit son portefeuille, l'ouvrit, et en tira une carte de visite qu'il tendit à l'inconnue. Celle-ci put lire :

LES TROIS JEUNES DÉTECTIVES
Enquêtes en tout genre
? ? ? ?

Détective en chef :	Hannibal Jones
Détective adjoint :	Peter Crentch
Archives et recherches :	Bob Andy

«Je ne comprends pas! avoua la jeune femme.

— Nous sommes des détectives privés, expliqua Hannibal.

— C'est impossible, voyons!

— Mais si, je vous assure! affirma Hannibal en se donnant des airs de grande personne. Ainsi que l'indiquent ces points d'interrogation, nous nous attachons à élucider tout ce qui nous intrigue. Et nous ne rejetons aucune des idées, même les plus fantastiques, qu'avancent les gens... Du moins pas avant de les avoir examinées. Voilà pourquoi nous avons déchiffré avec succès des énigmes dont d'autres agences de détectives, plus classiques, n'avaient pu venir à bout.

— Très bien... Vous m'avez convaincue. Je vous paierai. Remontez avec moi à la maison et dites à Mme Chumley que l'épouvantail peut circuler. Vous ne vous serez pas déplacés pour rien. »

Hannibal regarda ses amis.

« Il nous est impossible d'accepter de l'argent pour ne faire que répéter l'histoire d'un inconnu, pas vrai ?

— Sûr ! répondirent en chœur Bob et Peter.

— Tant pis ! dit la jeune femme. Vous venez quand même, n'est-ce pas ? »

Elle s'engagea dans le sentier qui conduisait à la villa. Les trois détectives lui emboîtèrent le pas.

« Qui est Mme Chumley ? demanda Peter tout en marchant.

— Autrefois, c'était la secrétaire de ma mère. Aujourd'hui elle nous sert de gouvernante et veille à la bonne marche de la maison... Au fait, j'oubliais de me présenter moi-même. Je suis la sœur de Chester Radford. Je m'appelle Letitia Radford. Je vis ici. Quelquefois. Quand je ne suis pas ailleurs.

— Et vous avez vu l'épouvantail se déplacer ? demanda Hannibal à son tour.

— A plusieurs reprises. Je crois que... c'est moi qu'il cherche. A la tombée de la nuit. Oui... toujours au crépuscule. »

Le petit groupe franchit la rangée d'eucalyptus et se mit en devoir de traverser la pelouse.

« Personne d'autre ne l'ayant jamais vu, reprit Letitia, on a tendance à me croire folle. On accuse mon imagination déréglée... »

Elle fit une halte. Son visage exprima brusquement la peur et un intense dégoût.

« Je déteste les épouvantails, affirma-t-elle. Et les insectes ! Ce sont mes deux phobies ! »

Elle frissonna, puis haussa les épaules.

« Peu importe ! Venez rapporter à Mme Chumley ce que vous m'avez raconté à moi-même. Savez-vous qu'elle m'a forcée à consulter un psychiatre de Beverly Hills ? Il est vrai que, parfois, j'ai l'impression de perdre les pédales. »

Letitia Radford acheva de traverser la pelouse et grimpa les quelques marches de brique rouge qui donnaient accès à la terrasse. Les garçons, qui la suivaient de près, purent alors admirer l'immense piscine qu'ils avaient aperçue de loin un moment plus tôt. Une table pour deux personnes avait été dressée près de la nappe d'eau bleue. Un serviteur en veste blanche, penché sur elle, contrôlait la bonne ordonnance du plateau à thé qu'il venait de poser. C'était un homme mince et élancé, aux cheveux couleur de sable. Letitia Radford l'interpella :

« Burrow, où est Mme Chumley ?

— Dans sa chambre, mademoiselle ! répondit le maître d'hôtel avec un accent anglais très prononcé. Ma femme est allée l'aider. Mme Chumley a dit...

— Peu importe ! La voici. »

Une domestique en robe noire et petit tablier blanc venait de surgir sur la terrasse, poussant devant elle un fauteuil roulant. Celui-ci était occupé par une femme d'environ soixante ans, aux cheveux blancs coiffés en bouclettes et aux joues fanées soigneusement maquillées. Les jambes de l'infirme disparaissaient sous une luxueuse couverture.

« Ah ! Letitia ! Vous voici, ma chère enfant ! » s'exclama-t-elle. Ses yeux sombres et vifs se posèrent sur les garçons. « Et qui sont ces jeunes gens ?

— Ils sont connus sous le nom de... » Letitia Radford jeta un coup d'œil sur le bristol qu'Hannibal lui avait remis. « Oui, c'est bien cela ! On les appelle Les Trois jeunes détectives. Je suppose, ajouta-t-elle en s'adressant à Hannibal, que vous êtes Hannibal Jones, le détective en chef ?

— En effet, acquiesça le gros garçon.

— Et je devine que ce jeune athlète est Peter Crentch, continua-t-elle, car ce garçon à l'air studieux et porteur de lunettes est certainement un spécialiste de la recherche et des archives.

— Vous avez deviné juste, dit Bob avec un large sourire.

— J'ai trouvé ces trois garçons en train

d'examiner l'épouvantail que Wooley a dressé dans son champ de blé, et...

— Et quoi, ma chère? demanda l'invalide avec intérêt.

— Eh bien, leur curiosité était motivée par le récit d'un homme qu'ils ont rencontré en ville. Cet homme affirme qu'il a vu l'épouvantail circuler près d'ici!»

Letitia avait parlé sur un ton de triomphe, mais Mme Chumley ne manifestait toujours qu'un intérêt poli.

«Peut-être ces jeunes gens accepteront-ils de prendre le thé avec nous? suggéra-t-elle. Ils nous raconteront l'histoire. Burrow! Voulez-vous ajouter trois tasses, s'il vous plaît?

— Tout de suite, madame!» répondit le maître d'hôtel.

Il disparut à l'intérieur de la maison, suivi de sa femme. Mme Chumley approcha son fauteuil roulant de la table à thé.

«Ainsi, reprit-elle en s'adressant aux détectives, vous avez rencontré quelqu'un qui prétend avoir vu un épouvantail se déplacer. C'est extraordinaire! Si vous nous donniez les détails?»

Hannibal prit un siège proche de celui de la gouvernante.

«C'est effectivement extraordinaire», commença-t-il.

Il n'eut pas le temps d'en dire davantage, car Charles Wooley venait vers eux à travers la pelouse. A peine fut-il arrivé sur la terrasse que ses yeux, qui brillaient derrière ses grosses lunettes, dardèrent sur les garçons un regard accusateur.

«Que se passe-t-il donc?» demanda-t-il.

Ce fut Letitia Radford qui répondit, d'une voix glaciale :

«Vous le voyez! Nous nous disposions à prendre le thé. Désirez-vous quelque chose?»

L'entomologiste fit un pas en avant.

«Vous et votre prétendue fourgonnette en panne!» s'écria-t-il en s'adressant aux garçons et sans se soucier le moins du monde de Letitia et de Mme Chumley. «Vous m'avez menti! Cette panne n'était qu'un prétexte pour pénétrer dans mon laboratoire et... et...»

Il s'arrêta, ne sachant visiblement de quelle faute accuser au juste le trio.

«Pénétrer dans votre laboratoire et faire quoi? demanda posément Hannibal. Nous avons passé un coup de fil, et c'est tout. Par la suite, une intéressante coïncidence nous a fait rencontrer un homme qui a vu un épouvantail déambuler sur cette colline. Et, si je comprends bien, Mlle Radford l'aurait aperçu, elle aussi. Elle prétend qu'elle est la seule personne, ici, à l'avoir vu. Est-ce vrai, monsieur Wooley?»

L'entomologiste ne répondit pas, mais rougit de façon visible. Letitia Radford fut prompte à interpréter son embarras.

«Vous l'avez vu vous aussi! s'écria-t-elle en bondissant. Oui, je suis sûre que vous l'avez vu! Avouez-le donc!

— Ma foi... pour dire la vérité... j'ai distingué quelque chose... admit à contrecœur Charles

Wooley. Le soir où j'ai appelé la police — la fois où quelqu'un s'est introduit par effraction dans mon laboratoire —, j'ai aperçu du coin de l'œil quelque chose qui ressemblait à un épouvantail.

— Mais vous m'avez dit qu'il s'agissait d'un simple rôdeur ! s'écria Letitia.

— Je ne voulais pas vous inquiéter, expliqua Wooley. Et puis, j'avais eu assez d'ennuis, déjà, avec la police. Je veux dire... le shérif Reynolds s'est empressé de répondre à mon appel. Il est arrivé avec son adjoint... mais vous auriez dû voir leur expression quand j'ai raconté qu'un épouvantail s'était introduit dans mon laboratoire, m'avait frappé sur la tête et s'était enfui en emportant une jarre pleine de fourmis ! »

Letitia Radford éclata de rire.

« Splendide ! s'exclama-t-elle. Ils ont dû vous croire fou ! Mais pourquoi ne m'avoir rien dit, à moi ? Tout le monde, dans cette maison, est persuadé que j'ai moi-même perdu l'esprit ! Si vous aviez parlé... Oh ! Pourquoi vous êtes-vous montré aussi cruel ? »

Wooley se défendait d'une voix vibrante de colère :

« J'avais ma réputation d'homme de science à protéger, vous comprenez ! Je n'en ai déjà que trop dit à la police. Je ne veux pas être mêlé à une histoire aussi abracadabrante. Je fais des recherches importantes...

— Ohhhh ! coupa Letitia. Vous m'écœurez ! »

Elle rentra dans la maison en courant. Mme Chumley la suivit des yeux, consternée. Wooley soupira.

« Le ciel me protège des jeunes femmes trop nerveuses ! » murmura-t-il. Et, se tournant vers les garçons : « Vous ne m'avez toujours pas expliqué pourquoi vous étiez ici ?

— Pour examiner l'épouvantail, répondit Hannibal. Ce matin, vous avez déclaré m'avoir pris pour un épouvantail. Cela nous a donné à penser... et nous sommes revenus faire un tour par ici.

— Ce matin, vous avez pénétré dans ma propriété, rappela Wooley d'un ton accusateur. Maintenant, vous espionnez !

— Si vous nous soupçonnez d'avoir de mauvaises intentions, pourquoi ne téléphoneriez-vous pas à Reynolds ? suggéra Bob. Il nous connaît bien.

— Vous avez raison. Je vais le faire sur-le-champ, annonça l'entomologiste. Burrow ! Voulez-vous m'apporter le téléphone, je vous prie ? »

Un instant plus tard, Burrow apporta l'appareil. Il le brancha à une prise près de la porte, étira le fil et tendit le combiné à Wooley après avoir formé le numéro que réclamait celui-ci. Presque aussitôt Reynolds, shérif de Rocky, se trouva en ligne.

« Ici Charles Wooley ! annonça le savant. Je vous appelle de chez les Radford. Il y a là trois garçons dont les allées et venues dans la propriété m'intriguent. Ils sont allés regarder mon épouvantail sous le nez et je me demandais... si... »

Il s'interrompit brusquement pour écouter la voix à l'autre bout du fil.

« Oui, oui, reprit-il bientôt. L'un de ces garçons est assez corpulent ».

Après une autre pause, il regarda Hannibal du coin de l'œil.

« Quel est votre nom ? demanda-t-il.

— Hannibal Jones. »

Wooley parla de nouveau dans l'appareil.

« C'est exact. Il s'appelle Hannibal Jones. »

Il écouta un moment encore. remercia le chef, puis raccrocha.

« M. Reynolds m'a chargé de vous dire de ne pas chercher les ennuis, jeunes gens ! Il garantit par ailleurs votre parfaite honnêteté. Celui dont il semble plutôt se méfier, c'est moi ! »

Au même instant, un hurlement leur parvint, de l'intérieur de la maison... un cri perçant, qui vous vrillait les oreilles et n'en finissait plus.

« Grand Dieu ! s'exclama Mme Chumley. C'est Letitia. Que lui arrive-t-il encore ? »

Chapitre 5

Les fourmis

Wooley et les trois détectives trouvèrent Letitia Radford sur le palier du premier étage. Adossée au mur, elle tremblait et semblait frappée de panique.

« Des fourmis ! » cria-t-elle. Son doigt désigna une porte. « Là-dedans ! Il y en a des milliers et des milliers !

— Nom d'un chien ! » grommela Wooley.

Il poussa la porte. Derrière lui, les garçons pénétrèrent dans un joli petit salon auquel faisait suite une vaste chambre à coucher carrée, avec un énorme lit à baldaquin. Sur ce lit grouillaient des centaines de fourmis.

Wooley s'arrêta net à cette vue, ne sachant trop que faire.

Sur le palier, Letitia appela d'une voix pressante :

« Madame Burrow ! Apportez vite la bombe insecticide ! Vite ! Vite !

— Est-ce que ces fourmis pourraient être

celles qui vous ont été dérobées?» demanda calmement Hannibal à l'entomologiste.

Wooley s'approcha du lit et regarda les insectes

«Certainement! dit-il.

— Me voici! annonça une voix cordiale derrière le petit groupe. Que se passe-t-il?»

Les garçons se retournèrent. Mme Burrow se tenait dans l'encadrement de la porte, une bombe insecticide à la main. Letitia Radford lui collait aux talons.

«Ecartez-vous, s'il vous plaît, dit la domestique. Je vais régler leur compte à ces affreuses bestioles.»

Il y avait quelque chose de rassurant dans l'apparence de Mme Burrow, et son accent, qui rappelait les faubourgs de Londres, contenait une note presque joyeuse. Elle s'avança d'un pas ferme et commença à vaporiser l'insecticide sur les fourmis. Elle eut tôt fait d'en venir à bout.

«Voilà qui est fini, mademoiselle, dit-elle à Letitia Radford. Nous allons jeter toute cette vermine, puis je changerai vos draps. Une fois le lit refait, il n'y paraîtra plus.»

Letitia foudroya Wooley du regard.

«C'est votre faute! s'écria-t-elle. Nous n'avons jamais eu d'insectes dans cette maison avant que vous n'arriviez avec vos jarres, vos tubes de plastique et...

— Ma chère Letitia, coupa Wooley, les fourmis peuplaient cette colline bien avant ma venue. Si elles se sont faufilées dans la maison...

— Elles ne s'y sont pas faufilées, coupa à son tour Hannibal. On les y a apportées!»

Il se baissa pour ramasser une jarre renversée, à demi dissimulée sous le lit. Elle contenait encore quelques fourmis.

«Elle est à vous? demanda-t-il en la tendant à l'entomologiste.

— Oui, je pense. Elle ressemble à celle que l'épouvantail m'a volée l'autre nuit.»

Hannibal eut un sourire satisfait.

«Un épouvantail voleur! De mieux en mieux. Cette histoire devient tout à fait palpitante.

— Il n'y a vraiment pas de quoi se réjouir!» s'exclama Letitia Radford. A présent, le rouge de la colère montait à ses joues pâles. «Allez-vous-en! Et vous aussi, ajouta-t-elle à l'intention de Wooley. Emportez vos horribles fourmis et sortez! Je vais téléphoner à mon frère ce soir même. Sans doute vous demandera-t-il de déguerpir dès demain.»

Mme Burrow intervint.

«Allons, allons! Calmez-vous!»

Elle parlait comme si elle avait cherché à apaiser un enfant capricieux. Elle posa à terre la bombe insecticide puis, ramassant le dessus de lit et les draps, les roula pour y emprisonner les cadavres des fourmis. Enfin, elle tendit ce linceul improvisé à l'entomologiste.

«Vous feriez bien d'emporter ça, lui dit-elle. Nous nous occuperons plus tard de savoir qui a apporté ces bestioles ici.»

Sans un mot, Wooley prit le paquet et s'éclipsa. Les trois garçons descendirent l'escalier à sa suite. Une fois dans le hall du rez-de-chaussée, le savant jeta au trio un coup d'œil lamentable.

«Je crois que l'on n'a plus besoin de vos services, soupira-t-il. J'espère seulement que l'on ne me congédiera pas à mon tour et que je pourrai continuer en paix mes recherches. Letitia met constamment les gens à la porte. La moitié du temps, elle oublie ses menaces quand sa colère est tombée. Nous allons bien voir si elle téléphone à son frère ce soir!»

Il haussa les épaules et sortit par la porte principale, chargé de son balluchon de fourmis. Hannibal, Bob et Peter traversèrent la salle de séjour pour rejoindre la terrasse. Mme Chumley s'y trouvait toujours, occupée à déguster son thé et aussi sereine que si une invasion de fourmis guerrières était pour elle chose courante. Les trois détectives lui dirent que, tout compte fait, ils n'avaient plus le temps de prendre le thé avec elle. La vieille dame exprima un regret poli et leur dit adieu.

Les trois amis arrivèrent à Rocky juste à l'heure du dîner. Ils durent renoncer à discuter sur-le-champ des étranges événements de la journée. mais se donnèrent rendez-vous pour le lendemain matin, dans l'atelier d'Hannibal.

Cet atelier était un coin du bric-à-brac des Jones soigneusement aménagé entre des piles d'objets de rebut et protégé des intempéries par un auvent. Il contenait une presse à imprimer qu'Hannibal avait lui-même confectionnée avec différentes pièces dénichées dans l'entrepôt de son oncle. On y trouvait également un tour, une scie à ruban, un établi et ses nombreux outils, sans parler d'un vieux mais confortable fauteuil à bascule.

Le lendemain matin, Hannibal était précisément installé dans ce fauteuil, ses yeux fixant un point invisible dans l'espace, quand Peter et Bob vinrent le rejoindre.

« Tu t'interroges au sujet de l'épouvantail? demanda Peter.

— Pas vous?

— Si fait, bien sûr. Et aussi au sujet des fourmis. Qui songerait à voler une pleine jarre de fourmis pour en verser le contenu sur le lit d'une belle dame?

— Quelqu'un qui n'aimerait pas la dame en question, dit Bob.

— Il est vrai qu'elle n'est pas tellement aimable, souligna Peter. Elle a un fichu caractère. »

Il s'interrompit. Un petit feu clignotant, rouge, venait de s'allumer au-dessus de la presse à imprimer. C'était là un signal indiquant que le téléphone sonnait au quartier général.

Ce Q.G. des jeunes détectives n'était autre qu'une vieille caravane, située à deux pas de l'atelier, mais dissimulée aux regards indiscrets par des montagnes d'objets de rebut. L'oncle Titus en avait fait cadeau à Hannibal comme salle de jeu pour lui et ses copains. Il avait depuis belle lurette oublié ce don généreux, que les garçons se gardaient bien de lui rappeler : leur Q.G. était un lieu aussi sacré que secret!

« Ha, ha! fit Hannibal en voyant le feu rouge.

Je pensais bien que nous aurions un appel ce matin!»

Peter passa vivement derrière la presse à imprimer pour ôter un grillage de fer qui recouvrait la section d'un énorme tuyau. Suivi de ses camarades, il se mit à ramper dans le tuyau, confortablement matelassé de vieux bouts de tapis. Il s'agissait là du Tunnel Numéro Deux, l'un des multiples passages secrets aboutissant à la caravane invisible. Ce tunnel, qui courait sous un assemblage de vieilles barres de fer rouillées, débouchait directement sous le Q.G. Peter souleva une trappe pratiquée dans le plancher de la caravane et se hissa dans le bureau des trois détectives.

Le téléphone sonnait toujours. Peter décrocha, écouta un moment, puis sourit.

«Non, c'est Peter! dit-il. Mais Hannibal et Bob ne sont pas loin.»

Il écouta de nouveau, annonça «Je vais voir», puis, couvrant de la main le microphone, se tourna vers ses amis.

«Devinez qui appelle? chuchota-t-il.

— Letitia Radford, répondit Hannibal. Elle désire que nous démasquions la personne qui la persécute sous un déguisement d'épouvantail et couvre son lit de fourmis.

— Même un génie peut se tromper! dit Peter en riant. Zéro pour toi, mon vieux! Notre correspondant est Charles Wooley et c'est lui qui désire nous voir découvrir la personne qui persécute Letitia et fourre des bestioles dans son lit. Il veut que nous allions le rejoindre le plus tôt possible. Il a demandé notre numéro de téléphone au shérif : ce brave Reynolds en personne.

— Bien, bien, bien! murmura Hannibal. En fin de compte, nous voici embauchés officiellement pour résoudre l'énigme. Je suis libre pour la journée. Et toi, Bob?

— Moi aussi! Je n'ai rien à faire aujourd'hui.

— Alors c'est parfait!» s'écria Peter. Et, ôtant sa main du microphone, il lança joyeusement dans l'appareil : «D'accord! Nous partons tout de suite!»

Chapitre 6

Une bombe à retardement

Moins d'une heure plus tard, les trois détectives se trouvaient dans la vaste grange rouge, au flanc de la colline Radford.

Charles Wooley leur annonça tout de go, d'un air visiblement soulagé :

« En fin de compte, Letitia n'a pas téléphoné à son frère hier soir ! » Il était perché sur un haut tabouret et s'appuyait à une table sur laquelle étaient étalés divers outils et instruments. « Remarquez, ajouta-t-il, que Chester Radford ne l'aurait pas forcément écoutée. Mais l'histoire d'hier m'a donné à réfléchir. Il ne m'est plus possible de continuer à ignorer ce ridicule épouvantail. Ce n'est plus seulement l'affaire de Letitia. C'est aussi la mienne. Car, cette fois, quelqu'un s'est servi de mes fourmis pour la persécuter. Je ne peux pas tolérer qu'on compromette ainsi mes recherches ! »

Après un bref coup d'œil à son auditoire attentif, l'entomologiste poursuivit :

« Ce matin, j'ai appelé Reynolds. Je lui ai raconté l'incident d'hier, avec les fourmis. Je lui ai aussi confié que Letitia avait aperçu l'épouvantail à plusieurs reprises. Mais le shérif a refusé de prendre tout cela au sérieux. A son avis, il ne s'agit que d'une farce de mauvais goût, dont un gamin du voisinage serait l'auteur. A l'en croire, ce serait un cas qu'il vous conviendrait à merveille de débrouiller.

— Et vous, monsieur, qu'en pensez-vous? demanda Hannibal. Croyez-vous qu'un garnement soit responsable d'une mauvaise plaisanterie?

— Il n'y a aucun gamin dans le voisinage, déclara Wooley. La villa Radford et le musée Mosby sont les deux seules habitations dans un rayon de trois kilomètres. Vous avez rencontré tous les habitants de la villa. Quant au musée Mosby, il n'est hanté que par Gerald Malz, le conservateur, et deux gardiens qui s'occupent de l'entretien mais rentrent chez eux à cinq heures de l'après-midi. Seul Malz vit en permanence au musée, mais il n'a rien d'un petit plaisantin, je vous l'assure.

— Je vois, dit Hannibal. Eh bien, si vous désirez devenir notre client, peut-être feriez-vous mieux de commencer par le commencement et de nous exposer tout ce que vous savez sur le cas qui nous intéresse. Il se peut que la découverte de l'identité de l'épouvantail soit chose simple. Mais il faut pour cela l'œil d'une personne étrangère... je veux dire, non mêlée de près aux événements qui nous intriguent...»

Bob tira de sa poche un carnet et un stylo-bille et s'apprêta à prendre des notes.

«En quelque sorte, reprit Wooley, c'est moi le créateur de ce sacré épouvantail. Je parle de celui qui est assis sur la barrière. Je l'ai confectionné de mes propres mains, à l'aide de vieux vêtements que Mme Burrow a dénichés dans le grenier des Radford. C'est moi également qui ai fait pousser le blé de ce champ. Je voulais m'assurer que mes fourmis ne manqueraient jamais de nourriture : vous ne pouvez deviner le nombre d'insectes qu'attire le blé! Ce sont les fourmis qui m'ont poussé à m'installer ici, vous le savez. Elles m'intéressent plus que tout. Je leur consacre tout mon temps. Aussi, je ne fais à la villa des Radford que des visites éclair et ne connais qu'assez superficiellement ses occupants. Grâce à Chester Radford, je peux travailler en paix dans cette grange transformée en laboratoire. En outre, il met à ma disposition un pavillon, destiné à loger ses invités, à deux pas d'ici.

— Un pavillon? répéta Hannibal, surpris. Où ça?

— Ce n'est qu'une petite maison, blottie au flanc de la colline, de l'autre côté de la villa. Vous n'avez pas dû la remarquer. Elle est cachée par un rideau d'arbres.

— Ce Chester Radford est vraiment très généreux, dit Peter sans trop de tact. Je comprends que vous ne teniez pas à vous fâcher avec lui.

— Je tiens d'autant plus à son hospitalité, avoua franchement le savant, que j'ai obtenu un congé de mon université, uniquement pour me consacrer à mes études actuelles. Il serait catastrophique que je sois obligé d'abandonner mes fourmis au stade où j'en suis. Tout marchait comme sur des roulettes... jusqu'au jour où Letitia est arrivée. »

Bob leva le nez de ses notes.

« Elle était absente quand vous êtes venu vous installer ici ? demanda-t-il.

— Oui. J'ai commencé à étudier le comportement de mes fourmis en mai et Letitia est arrivée en juin. Sans doute ne savez-vous pas grand-chose au sujet de Letitia ? Eh bien, c'est une fille qui ne tient pas en place. Elle est constamment en voyage. La plupart du temps, elle séjourne en Europe. Mais dès qu'elle a une déception sentimentale, elle rentre à la maison.

— Quand elle a quoi ? » s'enquit Peter.

Wooley sourit.

« Elle tombe sans arrêt amoureuse d'un garçon ou d'un autre. J'ai oublié le nombre des fiancés qu'elle a eus jusqu'ici. Mais elle ne se marie jamais. Elle rompt. Il y a toujours quelque chose qui cloche. Alors, elle revient ici pour se reposer et attendre que son cœur brisé se cicatrise. Actuellement, elle essaie de se consoler de la perte d'un vague comte hongrois. »

Il soupira avant de poursuivre :

« Letitia déteste les insectes, comme vous avez pu vous en apercevoir. Aussi. quand elle a découvert que j'étais entomologiste et que son frère m'avait autorisé à travailler à deux pas de leur maison, elle n'a pas caché son mécontentement. Et quand elle a commencé à voir circuler l'épouvantail, son hostilité à mon égard n'a fait que croître... sans doute parce que c'est moi qui ai fabriqué celui assis sur la barrière.

— L'a-t-elle aperçu souvent ? demanda Hannibal.

— Cinq fois, je crois. Cela l'a rendue comme folle. Une fois, il a lancé quelques insectes sur elle et Mme Chumley a eu du mal à calmer sa crise de nerfs. Bien entendu, à ce moment-là, personne n'a cru à son histoire d'épouvantail ambulant. Mme Chumley a insisté pour qu'elle consulte un psychiatre de Beverly Hill. Hélas ! Du moment que ce maudit épouvantail est bien réel, un médecin ne peut servir à rien.

— Parlez-moi de Mme Chumley, dit Hannibal. Elle agit comme si...

— Comme si c'était elle la véritable maîtresse de maison ? acheva Wooley. Ça, c'est sûr ! Voyez-vous, elle était la secrétaire de Mme Harrison Radford, la mère de Letitia. Mme Radford mourut voici bien des années, alors qu'elle était déjà veuve depuis longtemps. C'est à cette époque que Mme Chumley eut son accident. Elle tomba dans la piscine, vide à ce moment-là pour cause de réparation. Elle se brisa les deux hanches. Les fractures n'ont jamais pu être réduites convenablement et la malheureuse s'est vue condamnée au fauteuil roulant.

— Et les Burrow ? demanda encore Hannibal.

— Le couple n'est pas là depuis longtemps, expliqua le savant. Mme Chumley les a engagés en février. Il n'y a pas d'autres domestiques, à l'exception cependant des jardiniers. Mais ceux-ci ne viennent que deux fois par semaine. De même pour l'homme chargé de l'entretien de la piscine. Voyons... de qui vous parler encore ?... Gerald Malz traverse assez souvent la route pour disputer une partie d'échecs avec Mme Chumley. Je le crois tout à fait inoffensif. Il est évident que quelqu'un s'acharne contre Letitia Radford, mais je ne vois pas du tout qui cela peut être. En attendant, elle-même m'en veut et, si elle réussit à me faire quitter la propriété... eh bien, elle pourrait le regretter.

— Le regretter, monsieur Wooley ? répéta Hannibal. Qu'entendez-vous au juste par là ?

— Je veux dire que je n'en sais pas encore très long sur les fourmis de cette colline. S'agit-il d'une nouvelle espèce ? Ne seraient-elles pas plutôt des mutantes ? Une chose est certaine : Ce sont des fourmis guerrières, et des fourmis guerrières constituent un danger pour tout ce qui vit. Les colonies qui sont ici ne vont pas tarder à émigrer. Les jeunes reines quitteront leurs colonies natales et partiront avec des fourmis ouvrières pour fonder de nouvelles colonies. Je veux être sur place quand l'événement se produira. Je veux savoir combien de nouvelles colonies seront fondées, combien d'insectes elles comprendront. Je veux pouvoir surveiller le rythme de leur développement. Et jusqu'où les insectes vont-ils émigrer? Et cela se fera-t-il très bientôt ou plus tard? Vous n'avez jamais vu une armée de fourmis guerrières en marche, jeunes gens. Imaginez un véritable fleuve de fourmis, large de plus d'un mètre, coulant sur le sol et dévorant au passage tout ce qu'il peut rencontrer. Il est même possible que les insectes envahissent les bâtiments.

— Vous êtes certain que ces fourmis sont dangereuses? demanda Peter, peu rassuré.

— En tout cas, elles peuvent l'être. Ces fourmis ont déjà mangé plusieurs petits animaux : mulots et rats des champs entre autres. Ce sont des tueuses. J'ai trouvé les petits squelettes sur la colline, avec des fourmis qui grouillaient encore autour. Quand elles en ont fini avec leur proie, il ne reste plus rien que les os.

— Autrement dit, fit remarquer Hannibal, ces bestioles sont un peu comme une bombe à retardement!

— Parfaitement exact, jeune homme!»

Un bruissement d'étoffe, au seuil du laboratoire, fit se retourner le petit groupe. Letitia Radford était là, très élégante dans une robe blanche... mais les yeux dilatés d'horreur.

« Affreux! murmura-t-elle. Des fourmis tueuses dans ma maison! Je ne peux pas le supporter. »

Et elle fondit en larmes.

Chapitre 7

Une histoire terrifiante

« Letitia ! Pour une fois essayez de n'avoir pas de crise de nerfs ! »

Tout en parlant, Charles Wooley aidait la jeune fille à s'asseoir sur l'un des tabourets près de la table. Puis il lui tendit un mouchoir propre :

« Essuyez vos yeux et tâchez de vous ressaisir. Je vous promets solennellement que ces fourmis resteront inoffensives aussi longtemps que j'aurai l'œil sur elles. Par ailleurs, ces garçons vont nous prêter leur concours pour tirer au clair cette histoire d'épouvantail baladeur. »

Letitia prit le mouchoir et s'en tamponna les paupières.

« Qu'entendez-vous par "nous prêter leur concours" ? demanda-t-elle. A quoi correspond ce "nous" ? Vous et moi ?

— Certainement. Ne sommes-nous pas tous

deux victimes de l'épouvantail? Il profite des ombres du crépuscule pour vous sauter dessus et, moi, il me frappe sur la tête et me vole une jarre de fourmis. Je crois que nous devons tenter de mettre un terme à ses sinistres facéties. »

Letitia Radford ravala un dernier sanglot :

« Oui... vous avez raison. Mais ces garçons... ne sont guère que des enfants.

— Préféreriez-vous aller trouver un détective privé et lui raconter qu'un épouvantail vous importune? répliqua Wooley. J'imagine qu'il serait enchanté d'empocher votre argent — pour peu qu'il soit malhonnête — tout en ne levant pas le petit doigt pour vous aider.

— C'est vrai! soupira Letitia. Il me croirait sans doute folle.

— Je sais, moi, que votre histoire est véridique, continua Wooley, et que vous n'êtes pas la proie de phantasmes. Et pour une bonne raison : ce maudit épouvantail m'a attaqué moi-même. »

La jeune fille frissonna.

« Les épouvantails! murmura-t-elle. Je les déteste. Ils sont dégoûtants et pleins d'araignées.

— Pleins d'araignées? dit Hannibal en écho. En général, ils sont plutôt bourrés de paille.

— Bien sûr! acquiesça Letitia. Mais leur paille abrite des araignées. Vous le sauriez si un épouvantail vous était jamais tombé dessus. Cela m'est arrivé quand j'étais petite. Un jour, mes parents m'ont emmenée faire des achats dans une ferme de la vallée. Il y avait un épouvantail installé sur la barrière, exactement comme ici. J'ai voulu le voir de plus près. J'ai escaladé la barrière et... il...

— Il vous est tombé dessus? acheva Hannibal.

— Oui. Cela me causa une peur affreuse. Il était si sale! Sans doute se trouvait-il assis sur la barrière depuis au moins un million d'années. Il se cassa en deux en tombant et... il était plein d'araignées. Des nids entiers d'araignées! Ces bêtes se sont mises à courir sur ma figure et dans mes cheveux. Pouah! Aujourd'hui encore, je suis malade, rien que d'y penser!

— Hum! fit Hannibal. Ainsi, vous souffrez d'une peur maladive des araignées... et des épouvantails!

— Pas seulement des araignées! rectifia Letitia. J'ai peur de tous les insectes.»

Elle regarda autour d'elle avec dégoût, prenant soudain conscience de l'endroit où elle se trouvait. Un laboratoire d'entomologiste n'était pas un lieu rêvé pour quelqu'un ayant la phobie des insectes!

«Je comprends, dit vivement Wooley, que vous ne seriez pas fâchée de me voir décamper d'ici. Mais, croyez-moi, je n'ai jamais cherché à vous effrayer. Où serait mon intérêt, je vous le demande? Qu'aurais-je à y gagner?

— Mais qui aurait à y gagner? riposta Letitia. Je ne gêne personne. Je n'ai jamais fait de mal à quiconque. Je ne souhaite que de vivre tranquillement chez moi... et cela m'est devenu impossible. Cet épouvantail me rend folle! »

Elle parut sur le point de fondre de nouveau en larmes. Hannibal se hâta de parler.

« Mademoiselle Radford! Essayez d'être logique! Quiconque s'acharne ainsi contre vous sait forcément que vous avez une aversion particulière pour les épouvantails. Combien de gens sont-ils au courant de ce fait? »

Letitia joua un moment avec son bracelet d'or, s'efforçant de réfléchir.

« Ma faiblesse n'est pas un grand secret, dit-elle enfin. Pas mal de gens sont sans doute au courant... Mme Chumley, pour commencer. Elle nous accompagnait le jour où... cette horrible chose me dégringola dessus. Elle a vu les araignées. Mais il est ridicule d'imaginer cette pauvre femme dans le rôle de l'épouvantail! Elle n'a toujours eu que des bontés pour moi. Et puis, même si elle voulait m'effrayer, elle ne le pourrait pas. Voici cinq ans qu'elle ne quitte pas son fauteuil... sinon pour se mettre au lit! Encore, à ce moment-là, doit-on l'aider.

— Et Burrow et sa femme? insista Hannibal. Etaient-ils au courant avant que l'épouvantail ne commence à faire des siennes?

— Je... je le pense. Peu après mon arrivée à la villa, je regardais la télévision avec Mme Chumley, dans la salle de séjour. On a commencé à projeter *Le Magicien d'Oz*. J'ai bondi pour couper l'émission. Je ne pouvais supporter la vue de l'épouvantail, tout en sachant fort bien que le rôle était joué par un acteur sympathique. Je me rappelle que Burrow se trouvait dans la pièce quand le film a débuté. J'ai évoqué devant lui ma grande horreur des épouvantails. Peut-être, par la suite, Mme Chumley lui a-t-elle raconté en détail l'épisode qui avait marqué mon enfance et déclenché ma phobie.

— Ça me surprendrait d'autant moins, coupa Wooley, qu'elle me l'a raconté à moi-même. Elle s'étonnait que, après tant d'années, vous ne puissiez supporter de voir *Le Magicien d'Oz.*

— Gerald Malz était lui aussi avec nous, le jour de l'émission, ajouta Letitia. Cela me revient brusquement. De toute façon, il vient très souvent rendre visite à Mme Chumley et elle a dû lui parler de mes peurs.

— Et tout cela se passait avant que l'épouvantail se manifeste pour la première fois? demanda Hannibal.

— Oui. Dans la semaine qui a suivi mon retour à la maison. J'essayais alors de me détendre et d'oublier pas mal de choses pénibles. Je... je venais de connaître une cruelle expérience en Europe.»

Elle se tut. Hannibal pensa aux fiançailles rompues dont lui avait parlé Wooley. Il se demanda quel âge pouvait bien avoir Letitia. Des rides marquaient sa bouche, et son regard trahissait une certaine lassitude. Elle n'était plus très jeune. Et semblait chroniquement malheureuse.

«Un soir, reprit-elle, quelques jours après cette émission, je pris la voiture pour aller flâner le long de la côte. L'épouvantail s'était dissimulé derrière mon siège. Soudain, il a éclaté d'un rire horrible et s'est redressé. Il a allongé le bras et, brusquement, j'ai senti des araignées dans mes cheveux tandis que d'autres couraient sur moi. Des araignées et aussi d'autres insectes... de ces horribles petites choses noires que l'on trouve sur le sol humide, quand on retourne de grosses pierres... J'ai hurlé. L'épouvantail a sauté à terre. Je ne roulais encore qu'en première et la capote de mon coupé sport était baissée. Il avait donc toute liberté de mouvements. A mes cris, Burrow et sa femme sont sortis de la maison en courant. Trop tard! L'épouvantail avait déjà disparu!

— Je comprends que l'aventure a dû vous bouleverser dit Peter.

— Je pense bien. J'ai eu du mal à m'en remettre.

— Ainsi, résuma Hannibal, l'épouvantail connaissait évidemment votre double phobie. Quelqu'un de la maisonnée a pu le mettre au courant... ou encore Gerald Malz. Voyons, parlez-moi un peu de ce monsieur... »

Letitia était encore toute frissonnante.

« Ma foi, il n'y a pas grand-chose à en dire. Il est responsable de la collection Mosby depuis fort longtemps. Il était déjà là du temps du vieux Mosby. Il continue à habiter la maison et à s'occuper du musée. C'est tout.

— Autrement dit, pas beaucoup », souligna Bob qui achevait de prendre des notes.

Hannibal tourna alors vers Wooley un regard interrogateur. L'entomologiste secoua la tête :

« Inutile de me questionner, dit-il. Je n'ai jamais porté grande attention à cet homme. »

Letitia Radford essaya de se concentrer, puis y renonça.

« Non, décidément, je ne vois rien à ajouter à ce que je vous ai dit de Gerry. Je sais qu'il a fréquenté l'Institut des Beaux-Arts Graham à Los Angeles avant de venir travailler pour M. Mosby. Il habite le musée même et dirige les hommes qui viennent y travailler dans la journée. Il s'occupe de restaurer certains tableaux de la collection de peinture et d'entretenir les autres objets du musée. Il se charge de faire voir ses trésors aux visiteurs. Il ne reçoit ceux-ci que sur rendez-vous, afin de pouvoir leur consacrer un peu de son temps précieux. Son travail est plutôt agréable.

— A-t-il de la famille ? demanda encore Hannibal.

— Non. Il ne m'en a du moins jamais parlé.

— Un homme solitaire ! Comment occupe-t-il ses loisirs ?

— A ses moments perdus, il vient jouer aux échecs avec Mme Chumley. »

Les yeux de la jeune fille se mirent soudain à briller.

« Au fait ! dit-elle. Nous l'attendons aujourd'hui même pour déjeuner. Mme Chumley et lui doivent disputer une partie. Désirez-vous le rencontrer ? Je peux vous inviter à déjeuner vous aussi ? »

Hannibal s'empressa d'accepter :
« Bonne idée ! Nous serons en effet très heureux de lui parler. Je crois que nous devons entrer en relation avec tous les gens que vous voyez de façon régulière... Parce que la personne qui vous persécute est très probablement quelqu'un que vous connaissez ! »

Chapitre 8

La salle aux trésors

Le repas fut servi dans la salle à manger de la grande villa des Radford. Mme Chumley et Letitia se faisaient vis-à-vis. Gerald Malz, assis à la droite de la gouvernante, ne tarissait pas à propos du musée Mosby.

« Savez-vous que nous possédons un des meilleurs Vermeer qui soient ? » dit-il aux garçons.

Ses yeux, d'un bleu vif, brillaient derrière des lunettes à monture d'or. Ses cheveux coupés court étaient si blonds qu'ils en paraissaient presque blancs. Son teint vermeil offrait des traces de couperose.

« Vermeer est un peintre merveilleux, continua-t-il avec animation. Un des plus grands des maîtres hollandais ! Mme Chumley se range parmi ses plus ferventes admiratrices. N'est-ce pas, ma chère amie ? »

L'invalide acquiesça avec force.

« Mme Chumley a une copie de notre Vermeer, poursuivit Malz. Ce tableau s'intitule *La femme à la rose.* Il a été peint par un étudiant. Nous permettons aux artistes désireux d'étudier les techniques des vieux maîtres de s'installer dans la galerie et de copier les tableaux célèbres. Ils doivent en demander l'autorisation à l'avance, bien sûr, et les copies ne doivent pas avoir les mêmes dimensions que l'original. »

Mme Chumley intervint :

« Ma copie du Vermeer est plus grande que le tableau authentique, expliqua-t-elle. Autrement, il serait difficile de les différencier. »

Comme le déjeuner s'achevait, elle posa sa serviette sur la table et proposa aux détectives :

« Cela vous amuserait-il de venir voir ma peinture ? »

Sans même attendre de réponse, Malz se leva et écarta le fauteuil roulant de la table. Puis il le poussa dans le hall. Letitia et les garçons suivirent le mouvement jusqu'à un petit salon dont les fenêtres donnaient sur la pelouse derrière la maison. Le salon communiquait avec une autre pièce : la chambre à coucher de l'invalide.

« Cette chambre était celle de ma mère, expliqua Letitia. Je l'ai toujours aimée. On y est si bien, l'hiver, quand un feu de bois brûle dans la cheminée !

— Je ne m'y sens pas à ma place, ma chère petite, déclara la gouvernante. Il y a une chambre vide dans l'aile des domestiques. Je peux fort bien aller y habiter.

— Ne dites donc pas de sottises ! gronda Letitia. Il n'y a aucune raison pour que vous déménagiez ! » Et, désignant une toile accrochée au mur du salon : « Voici la copie du Vermeer », ajouta-t-elle.

Les garçons admirèrent en silence. Le tableau représentait, grandeur nature, une jeune femme en robe bleue et bonnet de dentelle. Debout près d'une fenêtre, elle tenait à la main une rose jaune.

« Remarquable, n'est-ce pas ? » murmura Gerald Malz.

Mme Chumley déplaça son fauteuil pour faire face au conservateur du musée.

« Je crois que vous n'attendez aucun visiteur aujourd'hui, dit-elle. Pourquoi ne feriez-vous pas visiter la galerie de peintures à ces jeunes gens ? Il n'y a que la route à traverser. Et ils seront sans doute heureux de contempler vos trésors.

— J'en serais enchanté, répondit Malz. Mais ne devions-nous pas jouer aux échecs ensemble ?

— Nous jouerons plus tard.

— Très bien, alors. Que pensez-vous de la proposition, mes jeunes amis ?

— Elle nous convient tout à fait ! s'écria Hannibal au nom de tous. Mon oncle et ma tante ont visité le musée il y a quelques années, alors que M. Mosby vivait encore. Ma tante parle souvent de cette visite. »

Malz jeta un coup d'œil à Letitia :

« Désirez-vous venir aussi ? demanda-t-il.

— Merci de l'offre, mais la réponse est non ! J'ai déjà visité ce musée au moins un million de fois ! »

Ignorant délibérément le manque d'amabilité

de la jeune fille, le conservateur se contenta de murmurer :

« Nous serons de retour dans un petit moment. »

A sa suite, Hannibal, Peter et Bob traversèrent la route pour gagner la vaste bâtisse sans fenêtre qui abritait les célèbres collections Mosby.

« Bien des chambres fortes de banques, expliqua Malz, ne sont pas aussi bien défendues que cette forteresse. »

Il sonna à la porte. Un gardien vint leur ouvrir. Ils se trouvèrent alors dans un hall d'entrée carré ne contenant que quelques vitrines et une tapisserie ancienne représentant une jeune fille en train de lire au milieu d'un champ fleuri.

« Ici, expliqua encore Malz, tout a été mis en œuvre pour exalter la beauté de nos objets d'art et assurer leur protection. Vous avez vu que le musée n'est percé d'aucune fenêtre. Le système d'alarme a été conçu spécialement pour lui. Dans la journée, nous avons des gardiens qui surveillent les visiteurs. Nos éclairages suppléent à la lumière du jour et sont disposés de telle sorte qu'ils mettent nos tableaux en valeur, sans les détériorer comme le ferait le soleil. L'humidité, elle aussi, est contrôlée. La température reste la même vingt-quatre heures sur vingt-quatre. L'endroit est vraiment idéal pour un conservateur de musée ! »

Là-dessus, il commença à faire les honneurs de son domaine à ses jeunes invités. Au rez-de-chaussée, les trois garçons virent des salles ornées de lambris provenant de châteaux d'Europe et purent admirer des vitrines pleines de vaisselle plate, de cristaux aussi anciens que précieux et de vieux livres enluminés.

« Où se trouve la galerie de peintures? demanda Hannibal.

— Là-haut! indiqua Gerald Malz. Venez! Allons la visiter! »

Sur ses talons, le trio grimpa un escalier coupé de deux vastes paliers, dont l'un agrémenté d'une antique horloge au tic-tac paisible.

Des tables à dessus de marbre s'appuyaient aux murs du palier supérieur. Des objets bizarres et ravissants y étaient exposés.

« Regardez bien! » leur dit soudain Gerald Malz. Il venait de faire halte devant l'une des tables et consultait sa montre. « Il est presque deux heures. Regardez les prismes en cristal qui pendent de ces candélabres. »

Hannibal, Bob et Peter fixèrent les gros candélabres d'argent massif qu'on leur désignait. Au même instant, l'horloge sonna l'heure... et tous les cristaux frémirent en émettant une aérienne mélodie.

« Cela me ravit, avoua Malz. L'événement se produit chaque fois que l'horloge sonne. On dirait que les prismes sont accordés sur elle. Ces candélabres constituent une de mes récentes acquisitions. Je les ai achetés l'an dernier... avec l'approbation du comité directeur, bien entendu. »

Il entraîna les garçons dans une salle de

petites dimensions, qui contenait un bureau façonné dans un bois exquisement coloré, une chaise délicatement sculptée et une unique toile.

« Eh bien ! » laissa échapper Peter, admiratif.

Le tableau était l'original de celui qui se trouvait dans l'appartement de Mme Chumley.

Bob examina de près le portrait de la femme à la rose.

« Cette toile ressemble exactement à l'autre, constata-t-il. Et pourtant, elle est différente.

— La différence provient de ce que celle-ci a été peinte par Vermeer, expliqua Malz en souriant. La copie est sans doute excellente... mais ce n'est qu'une copie. Il lui manque la patte du maître. »

Les garçons restèrent silencieux un instant. Puis Bob remarqua, d'un ton qui trahissait de la surprise :

« Ce qui m'intrigue, c'est que cette toile paraisse si neuve... Vermeer est-il mort depuis longtemps ?

— Depuis plus de trois cents ans, mon garçon ! Et ce tableau date environ de 1660. Quand M. Mosby en fit l'acquisition, plusieurs couches de vernis recouvraient cette toile et l'assombrissaient fâcheusement. J'ai ôté ces vernis pour dégager les fraîches couleurs qui se trouvaient dessous.

— Avez-vous eu beaucoup de mal à y arriver ? demanda Peter.

— Nettoyer un tableau est tout un art ! Cela exige de l'habileté et de la pratique. C'est très difficile, mais le jeu en vaut la chandelle. Dans la salle qui fait suite à celle-ci, nous avons plusieurs Rembrandt. Tous étaient sombres, bruns ou jaunâtres, avec des ombres noires. Ce n'est pas dans ces tons que peignait Rembrandt. Je me suis donc mis au travail et, maintenant, les toiles ont retrouvé leurs couleurs primitives et les tableaux semblent revenus à la vie. Venez! Je vais vous montrer... »

Les garçons lui emboîtèrent le pas. Soudain, Hannibal renifla.

« Quelle curieuse odeur! dit-il. Cela vient-il d'un produit dont vous vous servez pour votre travail?

— Une odeur? répéta Malz. J'y suis tellement habitué! Il doit s'agir de peinture à l'huile, ou encore des solvants que j'utilise pour ôter les vernis. Mon atelier est au troisième étage. Les visiteurs ne sont pas autorisés à y pénétrer... A cet étage se trouve également mon appartement privé. »

Bob regarda autour de lui.

« Vous devez vous sentir pas mal isolé dans ce vaste musée, fit-il remarquer. C'est horriblement silencieux.

— Oui, admit Malz. Parfois, je me sens assez seul. Mais j'ai un pied-à-terre à Santa Monica. Je fais un saut là-bas quand la solitude me pèse trop. Cependant, en général, je me plais assez en ma propre compagnie. »

Malz conduisit les garçons dans la salle suivante où étaient exposés les Rembrandt restaurés par ses soins : entre autres un remarquable paysage et le portrait d'une vieille femme. Puis il leur fit visiter le reste de la galerie, salle après salle. Au passage, les détectives admirèrent des toiles de Rubens, de Van Dyck et d'autres grands maîtres, ainsi que des œuvres brossées par des artistes moins connus.

Une demi-heure s'écoula encore avant que Malz annonçât que la visite était terminée. Tous descendirent alors l'escalier et gagnèrent la porte d'entrée. Les gardiens n'étaient plus dans le hall. Aussi Malz ferma-t-il lui-même la lourde porte derrière lui. Puis, suivi des garçons, il traversa la route pour rejoindre la villa Radford.

Comme ils en approchaient, un cri perçant vint rompre la quiétude de cet après-midi d'été. Un cri aigu, qui n'en finissait pas.

« Allons, bon ! Voilà que ça recommence ! » grommela Peter.

Et, le premier, il s'élança vers la maison.

Chapitre 9

Le guetteur mystérieux

Peter et Bob coupèrent à travers la pelouse pour atteindre les marches de briques rouges de la terrasse.

«C'est encore Letitia!» soupira d'un ton excédé Gerald Malz qui suivait plus lentement, avec Hannibal.

La jeune fille, en costume de bain et toute mouillée, se tenait au bord de la piscine. Ses doigts se crispaient sur une grosse serviette éponge. Elle continuait à hurler.

«Letitia! ordonna d'une voix sèche Mme Chumley. En voilà assez! Finissez!»

Hannibal regardait de tous ses yeux. Apparemment rien ne motivait la panique de l'interpellée. Pourtant, ses cris ne cessaient pas.

Au même instant, Mme Burrow sortit de la maison. Prenant Letitia aux épaules, elle la secoua sans ménagement. Letitia cessa de crier et fondit en larmes.

« Allons, allons, mademoiselle. C'est fini. Tout va bien maintenant ! »

Tout en parlant, Mme Burrow entraînait la jeune fille. On l'entendit encore lui prodiguer de bonnes paroles, puis ce fut le silence. Les deux femmes avaient disparu dans la villa.

« Que s'est-il passé ? » demanda Gerald Malz.

Avant que Mme Chumley ait pu répondre, Charles Wooley traversa la pelouse en courant et rejoignit le petit groupe.

« J'ai entendu des cris... pour changer ! »

Burrow parut à son tour sur la terrasse, impassible à son habitude.

« Je me suis débarrassé de la bestiole », annonça-t-il calmement.

L'entomologiste fronça les sourcils.

« La bestiole ? Quelle bestiole ? »

Mme Chumley soupira.

« Letitia a nagé un moment dans la piscine. Juste comme elle en sortait, une grosse araignée velue a surgi sur la terrasse. Elle a frôlé son pied nu. Naturellement, la pauvre petite a hurlé !

— Je crois qu'il s'agissait d'une tarentule, dit Burrow. J'ai réussi à la capturer à l'aide d'une serviette. Elle est maintenant au fond de la poubelle... morte... Je me suis permis de jeter la serviette en même temps.

— Vous avez bien fait, Burrow, approuva Mme Chumley d'une voix lasse.

— Une tarentule ! s'exclama Wooley. Je comprends que Letitia ait eu peur ! On ne peut vraiment pas la blâmer. Je n'aimerais guère voir une tarentule se promener sur mes pieds nus. Et pourtant, moi, j'aime les araignées!

— On peut parier que Letitia s'imaginera que cette tarentule a été mise exprès sur son chemin, dit Malz. Elle s'entête à se croire victime d'un complot.»

Mme Chumley prit un air accablé.

«Elle passe son temps à ne rien faire et cela est très mauvais pour elle. Je voudrais bien la voir repartir pour l'Europe... ou tout au moins quitter cette maison un certain temps. Dès qu'elle sera un peu plus calme, je lui suggérerai d'aller séjourner quelque temps à Beverly Hills. Là-bas, elle rencontrera des amis et se distraira de mille manières. Et puis, bien sûr, elle pourra consulter le docteur Wimple. Il faudrait le mettre au courant de ses derniers accès de peur.

— Vous pouvez compter qu'il le sera, prophétisa Malz. Letitia s'empressera de faire savoir à son psychiatre qu'une tarentule s'est ajoutée à toutes les autres choses qui la persécutent.

— Vous parlez comme si elle imaginait vraiment les choses en question, fit remarquer Hannibal. Cette tarentule n'a rien d'imaginaire. On ne peut nier son existence. Burrow l'a tuée avant de la jeter aux ordures.

— Je ne dis pas qu'elle est imaginaire, protesta Malz vivement. Vous m'avez mal compris. Je prétends seulement qu'elle n'a de place dans aucun complot. C'est pure coïncidence si elle s'est trouvée sur cette terrasse aujourd'hui.

— Oui... je le suppose», murmura Hannibal.

Malz dévisagea le jeune garçon.

«Pensez-vous que les craintes de Letitia aient une base réelle? demanda-t-il d'un ton surpris.

— Cela se pourrait», répondit évasivement le chef des Détectives. Puis, jetant un coup d'œil à sa montre. «Trois heures largement passées! Il est grand temps de rentrer à Rocky.

— Revenez quand vous voudrez! dit Mme Chumley.

— Merci beaucoup. Et, ajouta poliment Hannibal, veuillez remercier de notre part Mlle Radford pour le déjeuner.

— Je vous donnerai bientôt signe de vie!» promit tout bas Charles Wooley en souhaitant bonne route aux trois garçons.

Ceux-ci échangèrent leurs impressions tout en dévalant la colline, afin de récupérer leurs bicyclettes qu'ils avaient laissées près de la grange-laboratoire.

«Curieuse maisonnée, commença Hannibal. La seule qui ne semble pas à sa place est Letitia Radford... et c'est sa propre demeure! Les autres se comportent exactement comme si elle était une enfant gâtée tombée parmi eux pour leur rendre la vie difficile. Même quand il est évident que ses craintes sont fondées — car elle n'a pas imaginé la tarentule et l'épouvantail ambulant —, son entourage la considère comme une gamine tremblant de peur devant un croquemitaine.

— Au fait! dit Peter. Combien de crises de nerfs a-t-elle eues depuis que nous la connaissons?

— Plusieurs, admit Hannibal. Je comprends ce que tu veux insinuer : elle est d'un naturel super-émotif, c'est sûr!

— Crois-tu que la tarentule ait été placée sur la terrasse comme les fourmis l'avaient été dans son lit? demanda Bob.

— Peut-être que oui, peut-être que non! soupira Hannibal en haussant les épaules. Les tarentules ne sont pas des araignées excessivement rares dans cette région. Mais la présence de celle-ci semble assez bien s'inscrire dans la série de persécutions dont est victime Letitia.»

Il se figea brusquement dans le sentier qu'ils suivaient et dressa l'oreille. Un bruissement venait de se produire sur sa gauche.

«Il y a quelqu'un dans le champ de blé, murmura le gros garçon dans un souffle.

— Allons voir!» jeta Peter en fonçant droit vers le coin suspect.

Le bruissement se mua aussitôt en un bruit de fuite : quelqu'un détalait à toutes jambes à travers le champ. Les détectives s'élancèrent à la poursuite du fugitif, mais, avant d'avoir pu le rejoindre, ils entendirent démarrer une voiture sur le chemin en contrebas. Quand enfin ils débouchèrent à leur tour en terrain découvert, ce fut pour voir une invraisemblable guimbarde s'éloigner en pétaradant en direction de Chaparral Canyon.

«Flûte et reflûte!» s'écria Peter, furieux.

Bob s'immobilisa, essayant de déchiffrer le numéro minéralogique de la voiture. Malheureusement, ce fut chose impossible, tant le véhicule soulevait de poussière sur son passage.

« Le mystère s'épaissit ! » lança Hannibal tout essoufflé.

Sa figure, en sueur et rougie par l'effort, trahissait une vive excitation.

« Voilà du moins un nouveau morceau pour notre puzzle, déclara-t-il. J'étais prêt à parier que l'auteur des persécutions que subit Letitia se trouvait dans son entourage. Maintenant, il semble que quelqu'un de l'extérieur soit impliqué dans ce qui se passe ici !

— Tu crois que nous venons de donner la chasse à l'épouvantail ? demanda Bob.

— Je n'en sais rien, mon vieux. Mais le comportement de cet intrus est louche. Pourquoi s'est-il défilé ainsi ?

— Il s'agit peut-être d'un gosse en train de marauder ? suggéra Peter.

— Peu probable, répondit Hannibal. Tu oublies qu'il a une voiture. »

Le chef des Détectives leva les yeux sur la vieille baraque en planches qui se dressait non loin de la propriété des Radford. La cour de devant était présentement envahie par les mauvaises herbes. Un écriteau à peine déchiffrable portait les mots « A vendre ».

« La voiture était certainement garée ici, déclara Hannibal en indiquant le sentier conduisant à la maison abandonnée. Notre inconnu n'aurait pas pu laisser son véhicule dans le chemin sans obstruer le passage et signaler ainsi sa présence. »

Il escalada la barrière qui protégeait le champ de blé et se dirigea vers la baraque. Ses camarades le suivirent.

Ainsi que le chef des Détectives s'en était douté, la voiture avait bien stationné là : une tache d'huile toute fraîche l'indiquait.

Hannibal regarda la villa Radford, au-dessus de lui. Il se trouvait suffisamment éloigné d'elle pour que le rideau d'eucalyptus ne lui en cachât pas la vue. Il pouvait en outre apercevoir une bonne partie de la grange-laboratoire.

« Si je voulais surveiller la maison des Radford, dit-il, ou je m'en approcherais carrément de très près, ou je grimperais plus haut à partir d'ici... »

Bob désigna du doigt les fenêtres supérieures de la baraque, qu'aucune planche ne fermait.

« Tu veux dire... là-haut ?

— Bien sûr, mon vieux ! »

Les trois détectives eurent tôt fait de trouver la porte de derrière. Elle n'était fermée qu'au loquet. L'un derrière l'autre, ils se faufilèrent dans la maison, traversèrent les pièces vides du rez-de-chaussée, puis abordèrent les marches grinçantes d'un escalier.

Soudain, un trottinement fit s'immobiliser les garçons. Puis Peter se mit à rire :

« Des souris ! » dit-il.

Soulagés, les détectives escaladèrent à grand bruit la dernière volée de marches, comme pour effrayer quiconque eût pu se trouver encore dans la maison.

Au second étage, sur le derrière de la maison, s'ouvraient deux grandes fenêtres privées de vitres.

« D'ici, constata Peter, on a une vue excellente de la villa Radford. On distingue les fenêtres de derrière et une partie de celles de côté. On voit aussi une portion de la terrasse et la pelouse.

— C'est certainement ici que se tenait notre mystérieux guetteur avant que nous ne le rencontrions, déclara Bob en désignant, sur le plancher, plusieurs mégots de cigarettes.

— Oui, un mystérieux guetteur ! répéta Hannibal. A-t-il assisté aux réactions de Letitia découvrant la tarentule et ensuite, s'est-il dirigé vers la villa ? Ou bien était-il à la villa au moment de l'épisode de l'araignée ? Nous n'avons aucun moyen de le savoir, pas vrai ? »

Les manières d'Hannibal étaient pleines d'allant, presque enjouées, comme cela arrivait souvent quand un mystère se révélait sous un angle inhabituel.

« Au point où nous en sommes, continua-t-il, nous avons pas mal de suspects capables d'effrayer Letitia Radford.

— Et d'assommer Charles Wooley ! rappela Peter. N'oublions pas Wooley. Après tout, c'est notre client.

— C'est vrai ! Il nous a engagés pour

débrouiller cette affaire, acquiesça Hannibal. Mais je l'oublie d'autant moins que... lui aussi fait un suspect possible. Au fond, que savons nous de lui? Uniquement ce qu'il nous en a dit. Est-il vraiment entomologiste? Peut-être, en dehors des fourmis, a-t-il aussi une autre bonne raison d'habiter tout près des Radford.

— Quelle autre bonne raison pourrait-il avoir? demanda Peter.

— Si je le savais, je ne poserais pas la question. Mais quelqu'un a bien un motif pour persécuter ainsi Letitia Radford. Peut-être constitue-t-elle une menace pour cette personne? A moins qu'il ne s'agisse d'une grave offense qu'on veuille lui faire payer?»

Hannibal marqua une pause avant de proposer :

«Je crois que nous ferions bien d'étudier nos suspects d'un peu plus près. Il est impossible que Mme Chumley soit le diabolique épouvantail, pour la bonne raison qu'elle ne peut pas marcher. Mais cherchons à en savoir plus long sur Burrow et sa femme. Et aussi sur Malz. Il ne semble pas homme à voler des insectes, mais sait-on jamais? Et puis, comme tu le dis si bien, Peter, n'oublions pas Wooley. C'est lui qui a installé l'épouvantail sur la barrière et ce sont ses fourmis que l'on a trouvées dans le lit de Letitia. Peut-être en sait-il plus long qu'il ne l'avoue. Ou, encore, peut-être cherche-t-on à lui nuire à travers la personne de Letitia. Bref, il faut à tout prix découvrir un motif aux étranges événements qui se produisent ici.

Et quand nous serons mieux renseignés sur nos suspects, peut-être tiendrons-nous le motif en question. Nous nous attellerons à cette enquête dès demain !»

Chapitre 10
Enquête

Le lendemain matin, vers dix heures, Peter Crentch se présenta à la réception de la bibliothèque universitaire dépendant de la faculté où Charles Wooley professait en temps ordinaire. M. Barrister, lui-même professeur à l'université de Ruxton, avait téléphoné au bibliothécaire pour lui annoncer la visite de Peter.

Barrister avait fait la connaissance des trois détectives au cours d'une de leurs précédentes enquêtes et, depuis, était resté leur ami. Chaque fois que les jeunes garçons avaient besoin d'un conseil ou d'un renseignement concernant le domaine des sciences, il se faisait un plaisir de les aider.

L'employée de la réception était très jeune. Elle sourit aimablement à Peter lorsqu'il fit allusion à la recommandation téléphonique du professeur Barrister.

« Ainsi, dit-elle, vous êtes l'étudiant désireux d'écrire un article sur les fourmis ? » Elle prit deux livres mis de côté sur un coin de son bureau. « Vous voyez que j'ai pensé à vous. Voici les ouvrages que M. Wooley a consacrés à ses travaux à Panama. Ce sont bien ceux que vous désirez, n'est-ce pas ?

— Oui », dit Peter à tout hasard.

Il ne se sentait guère à l'aise dans son personnage d'étudiant zélé. Et si quelqu'un allait lui poser une question à laquelle il ne saurait pas répondre ? Peter était un athlète, pas un savant ! Mais Hannibal avait insisté pour le charger de cette démarche à la bibliothèque, affirmant qu'un bon détective devait savoir se débrouiller dans tous les domaines. Il avait imaginé ce prétexte d'un article à écrire sur les fourmis et conseillé à son lieutenant d'agir très décontracté. N'empêche que Peter n'en menait pas large.

Après avoir remercié la jeune employée, le grand garçon prit les livres qu'on lui tendait et alla s'installer à une table de la salle de lecture. Puis il ouvrit l'un des volumes et commença à lire.

Une demi-heure plus tard, il reposait les ouvrages en soupirant. Il n'en savait guère plus long sur les fourmis guerrières que lorsqu'il avait passé le seuil de la bibliothèque. Les exposés du docteur Wooley étaient horriblement techniques et bourrés de termes scientifiques incompréhensibles. Mais, en un sens, ils étaient assez révélateurs. En effet, les deux livres, récents, portaient encore leur jaquette d'origine et, sur celle-ci, s'étalait la photo de

Charles Wooley, accompagnée d'une brève notice biographique. Wooley était bien un véritable entomologiste!

Peter prit des notes sur un calepin qu'il avait eu soin d'apporter. Charles Wooley avait rapidement acquis ses diplômes, couronnés par celui de docteur en entomologie. Son expédition à Panama avait eu lieu trois ans plus tôt. Côté vie privée, sa biographie mentionnait qu'il était célibataire.

Peter rapporta les deux bouquins au bureau de la réception.

« Vous avez trouvé ce que vous cherchiez? demanda l'employée.

— Sûr! affirma Peter avec aplomb.

— Je l'aurais parié. Un jour, j'ai feuilleté les ouvrages de M. Wooley. Ce que cet homme ignore sur les fourmis se réduit pratiquement à rien. Un vrai puits de science. Ah! On peut dire qu'il est plein de son sujet. Savez-vous qu'il fait des cours ici depuis deux ans, bien qu'il soit actuellement en congé. Ses élèves l'adorent. Ils le surnomment "la fourmi humaine".

— La fourmi humaine? répéta Peter. C'est vrai qu'il ressemble un peu lui-même à l'une de ces bestioles. »

La jeune fille eut un léger rire, puis reprit son sérieux.

« Je n'aurais pas dû être aussi indiscrète. Le professeur est peut-être de vos amis?

— Pas exactement. Mais je l'ai rencontré récemment dans les montagnes de Santa Monica. S'il a abandonné provisoirement sa chaire, c'est pour se livrer à des recherches personnelles.

— Il est d'un naturel plutôt sauvage et se tient à l'écart des gens, le plus possible. Seules les fourmis l'intéressent. Je suis étonnée que vous ayez pu vous entretenir avec lui.

— Il m'a parlé un peu de ses travaux, expliqua Peter, soucieux de « coller » à son personnage d'étudiant sérieux. Le sujet m'a séduit et j'ai décidé d'étudier de plus près les fourmis guerrières afin d'écrire un papier pour la rentrée. Saviez-vous qu'on trouvait des bestioles de cette espèce ici même, en Californie ?

— Oui, je l'ai entendu dire. C'est une chance pour M. Wooley, pas vrai ? Ainsi, il ne sera pas obligé de courir au diable pour les rencontrer ! »

Peter s'efforça d'obtenir de la jeune fille quelques renseignements supplémentaires sur l'entomologiste, mais elle n'avait plus rien à dire. Aussi prit-il bientôt congé d'elle après l'avoir remerciée.

Il se retrouva dehors, au bon soleil d'été, avec ses notes dans la poche. Il était content d'avoir bien tenu son rôle mais, en même temps, un peu déçu. Il ne rapportait rien de neuf sur Charles Wooley, sinon le fait que l'homme qu'il connaissait n'était pas un imposteur.

Pendant ce temps, Hannibal ne restait pas inactif. A cette minute même il se hâtait le long d'une avenue de Beverly Hills. Un peu plus tôt, ce matin-là, il avait téléphoné à Letitia Radford pour lui demander le nom de l'agence de placement qui avait adressé les Burrow à Mme Chumley.

«Je crois, avait répondu Letitia, qu'il s'agit de l'agence Barker et Phillips. On peut lui faire confiance : ma mère connaissait bien les deux associés. Mme Chumley a recours à eux chaque fois qu'elle est en panne de domestiques. Dois-je lui demander des précisions?

— Surtout pas! Ne soufflez mot à personne de mon coup de fil, je vous prie.»

Là-dessus, Hannibal avait passé ses plus beaux habits et sauté dans le bus de Beverly Hills.

L'agence Barker et Phillips occupait deux vastes pièces aménagées avec goût, au second étage d'un immeuble commercial de Donehy Drive. Dans le premier bureau trônait une dame aux cheveux blanc bleuté et au teint rose.

«Oui? fit-elle quand Hannibal entra.

— Je m'appelle Hannibal Jones, expliqua celui-ci. Je cherche un emploi et...

— Ah, mon Dieu! soupira la dame.

— Oh, je sais bien que je suis jeune, dit vivement Hannibal. Mais je suis intelligent et bien décidé à travailler dur. Je pourrais me rendre très utile dans une grande maison. Je sais nettoyer et réparer les objets les plus divers et s'il y a un chien à promener...»

La dame aux cheveux blancs se mit à rire.

«Cela fait plaisir, dit-elle, de voir tant de talents réunis chez un si jeune homme. Malheureusement, les gens qui ont une vaste demeure préfèrent engager des adultes. Pourquoi ne chercheriez-vous pas un emploi de livreur ?»

Le visage d'Hannibal s'allongea ostensiblement.

«J'avais espéré quelque chose de mieux! soupira-t-il. Burrow m'avait dit que vous pourriez me procurer un bon travail.

— Burrow? répéta la femme.

— Oui. Il est maître d'hôtel chez les Radford.»

L'employée fit pivoter son fauteuil, fouilla dans un classeur et en tira une fiche. Après y avoir jeté un coup d'œil, elle sourit :

«Ah, oui! Burrow! L'ancien domestique de Lord Armiston. Nous l'avons placé, ainsi que sa femme, sur la demande de Mme Chumley. Un excellent serviteur.

— J'ai des références, déclara Hannibal avec vivacité. Burrow m'a dit que vous demandiez des références et que vous les contrôliez avec soin.

— Bien sûr! affirma l'employée. Notre agence ne tiendrait pas longtemps si les gens que nous recommandons n'étaient pas de confiance. Dans le cas de Burrow, par exemple, nous avons télégraphié en Angleterre à son précédent employeur. Quand, également par télégramme, Lord Armiston nous eut confirmé que Burrow était un maître d'hôtel hors classe et sa femme une fine cuisinière, nous les avons aussitôt placés dans une bonne maison. En ce qui vous concerne, hélas! des références ne peuvent vous servir à rien. Nous ne plaçons pas de garçons aussi jeunes!

— Je vois, murmura Hannibal.

— Je suis étonnée, reprit la femme, que Burrow vous ait conseillé de venir nous voir.

— En fait, il ne me l'a pas conseillé, avoua Hannibal. J'ai pensé à tenter ma chance auprès de votre agence quand il m'a parlé de la bonne place que vous lui aviez procurée.

— C'est un peu différent, n'est-ce pas? Allons, revenez dans quelques années. Peut-être aurons-nous un emploi intéressant à vous proposer. »

Hannibal la remercia et prit congé, un peu déçu. Burrow avait été le maître d'hôtel d'un noble anglais. On ne le voyait guère dans le rôle d'un épouvantail fourrant des fourmis dans le lit de ses employeurs...

Tandis qu'Hannibal grimpait avec difficulté dans l'autobus bondé qui devait le ramener à Rocky, Bob était encore occupé à mener à bien la mission dont on l'avait chargé.

Pour commencer, il était parti en même temps qu'Hannibal pour Beverly Hills. Mais il était descendu du bus quelques arrêts plus tôt, juste en face de l'Institut Graham. Bob avait déjà entendu parler de cette école qui avait formé de remarquables artistes. Il monta vivement les marches du perron et poussa la lourde porte de bronze.

Le jeune garçon se retrouva alors dans un immense hall sur lequel ouvrait, à droite et à gauche, une série de portes. Dans l'air flottait une odeur analogue à celle que l'on respirait au musée Mosby : une odeur de peinture.

« Vous cherchez quelqu'un, mon garçon ? »

Un jeune homme en blue-jean, transportant un marchepied, venait de sortir de l'une des pièces latérales.

« Heu... fit Bob, surpris, oui... je cherche mon cousin. »

Puis il se renfrogna, mécontent de lui-même. A sa place, Hannibal n'aurait ni hésité ni bégayé. Il aurait parlé d'un ton ferme et assuré.

Prenant une profonde inspiration, Bob redressa les épaules et expliqua :

« Mon cousin est étudiant ici. Je l'ai perdu de vue quelque temps et j'ignore son adresse actuelle. Aussi ai-je pensé pouvoir me renseigner à l'Institut. »

Voilà qui était mieux. Il se sentit assez fier de son petit discours.

« Bien sûr, répondit le jeune homme. Le secrétariat est au second étage. Vous n'avez qu'à monter. »

Bob remercia son informateur, grimpa l'escalier au fond du hall et trouva le bureau indiqué. Pour l'instant, il n'y avait personne derrière les différents guichets, à l'exception d'un barbu en train de compulser des fiches.

« Salut, mon garçon ! Vous désirez ?

— Bonjour, monsieur. J'ai un parent qui fréquentait jadis cet Institut. Le cousin germain de mon père. Il s'appelle Gerald Malz. Je suis de passage à Los Angeles et, sur les conseils de ma mère, j'en ai profité pour faire un saut jusqu'ici. Malheureusement, impossible de trouver le nom de mon cousin dans l'annuaire.

— Malz? murmura l'employé. Ma foi, oui. Il a été étudiant ici, mais cela fait un bon bout de temps. Je crois qu'à présent il est conservateur du musée Mosby.»

Bob demeura impassible, comme s'il n'avait jamais entendu parler du musée en question. Le barbu alla fouiller dans un classeur.

«Oui, c'est bien ça! Le musée Mosby se trouve au flanc d'une des collines qui dominent Rocky. N'essayez pas d'y aller tout seul. Vous vous perdriez. Le numéro de téléphone se trouve dans l'annuaire. Le plus simple est d'appeler votre cousin qui vous indiquera le moyen le plus pratique pour le rejoindre ou qui vous rejoindra lui-même. Il vous conduira alors au musée dont il vous fera certainement les honneurs. J'espère que vous appréciez les vieux maîtres.

— Vous voulez dire... les peintures? demanda Bob.

— Oui. Des toiles signées Rembrandt, Van Dyck, Vermeer... La galerie Mosby renferme des trésors.

— Cela me plaira certainement beaucoup, assura Bob. Un conservateur de musée est un personnage important, n'est-ce pas?... Je veux dire... mes parents vont être contents d'apprendre que le cousin Gerry occupe un poste de choix.»

Le barbu hocha la tête :

«Votre cousin a une excellente situation,

assura-t-il. Vous pouvez toujours dire ça à vos parents. Peut-être cela les satisfera-t-il... »

Il hocha la tête. Bob perçut une réticence dans ses paroles.

« On dirait qu'à votre avis il aurait pu mieux faire ?

— Cela dépend du point de vue où l'on se place.

— Comment cela ?

— Eh bien, certains des professeurs de Gerald Malz pensaient qu'avec son talent, il aurait mieux fait de peindre lui-même que de prendre soin des toiles des autres. Et je suis de leur avis. Vous pourrez même le lui dire de ma part. Je m'appelle Edward Anson. Remarquez que votre cousin doit pas mal se moquer de mon opinion. N'empêche qu'il est bien regrettable de voir tant de talent perdu ! Quand j'y pense, cela me met en rage.

— Vous... vous souhaitez vraiment que je lui répète vos paroles ? demanda Bob. C'est que... je ne le connais pas, vous savez. Je veux dire... je ne l'ai encore jamais rencontré. Comme je vous l'ai expliqué, c'est le cousin germain de mon père, mais ils ont toujours vécu éloignés l'un de l'autre. Il peut très bien ne pas apprécier ma visite... surtout si je lui transmets des choses désagréables. Au fait... est-il d'un naturel aimable ?

— Excusez-moi, mon garçon. Je me suis laissé aller à vider mon sac... Oui, votre cousin est capable de se montrer très amical. Il a le sens des convenances. Je le connais assez pour imaginer qu'il se donnera un ou deux jours de congé afin de vous faire visiter Disneyland. Ce n'est pas très original, mais l'originalité n'est pas son fort. Son immense talent lui-même n'a jamais été original. Il s'entend mieux à reproduire qu'à créer. Savez-vous qu'il peut imiter à la perfection n'importe quel grand peintre ?»

L'homme hocha la tête :

«Mais je bavarde, je bavarde! J'évoque des souvenirs... Et j'oublie que vous ne connaissez même pas Gerald. Ne faites pas attention à mes rabâchages. Je ne suis qu'un vieil idéaliste qui regrette de voir certains artistes renoncer à la recherche personnelle pour préférer la sécurité d'un poste à la fois lucratif et honorifique. Mais, à mon avis, une situation trop bien assurée sape le talent.» Il eut un bon sourire. «Allons, mon garçon, partez voir votre cousin. Et, s'il ne m'a pas oublié, dites-lui de venir bavarder avec moi à l'occasion.

— Oui, monsieur. Je lui ferai la commission.»

Déjà Bob tournait les talons quand le vieil archiviste murmura :

«Un cousin? Curieux tout de même. Je croyais que Gerry n'avait pas de famille. En tout cas, il ne m'a jamais parlé de personne. Pourtant, nous bavardions souvent ensemble... mais il est plutôt réservé.»

Bob sourit :

«Tout le monde a de la famille, dit-il.

— Oui... plus ou moins, je suppose. Mais certains évitent de parler des leurs... Au revoir, mon garçon. J'espère que Gerry vous procurera un peu de bon temps à Los Angeles. Et n'oubliez pas! Dites-lui de venir me voir. J'aurais plaisir à en savoir plus long sur ce qu'il fait.

— Entendu, monsieur. Et merci encore!»

Quand Bob se retrouva dehors, il aperçut un bus qui passait et courut pour l'attraper. Il choisit un coin près de la fenêtre et, bien calé pour le trajet le long de la côte, fit le point sur son enquête...

Voyons, qu'avait-il appris sur Malz? Que l'individu avait beaucoup de talent, qu'il n'était guère prodigue de confidences et sacrifiait l'art à la sécurité. Ces détails ne faisaient que compléter le personnage. Gerald Malz était exactement ce qu'il semblait être : un conservateur de musée exceptionnellement compétent.

Archives et Recherches poussa un soupir. Il n'avait déniché aucun nouveau fait prêtant à soupçons. Il se demanda si Peter et Hannibal avaient eu plus de chance que lui. Autrement, il faudrait reconsidérer le problème. En tout cas, coûte que coûte, il était urgent de démasquer l'épouvantail!

Chapitre 11

L'épouvantail attaque

« Que me racontez-vous là ? Vous avez enquêté à mon sujet ! Eh bien, vous ne manquez pas de toupet ! s'exclama Charles Wooley. Je vous avais dit sur moi tout ce qu'il vous était nécessaire de savoir.

— Nous préférons douter de la bonne foi de tout le monde, riposta Hannibal sans se troubler, et contrôler nos renseignements. Nous avons donc fait des recherches sur toutes les personnes impliquées dans le cas Letitia Radford. »

Le crépuscule venait de tomber. Hannibal, Peter et Bob avaient passé l'après-midi à expédier des corvées et à comparer leurs notes. Sitôt après le repas du soir, ils s'étaient rendus à la propriété Radford pour parler avec leur client. Wooley, qu'ils avaient trouvé dans son laboratoire, réagit violemment au récit des démarches effectuées par Peter à son sujet, Hannibal entreprit de le calmer.

«Je comprends ce que vous ressentez, monsieur Wooley, dit-il gentiment, mais reconnaissez que c'est notre devoir de douter... et de vérifier nos informations. Au point où nous en sommes, il semble que personne, dans l'entourage de Letitia Radford n'ait intérêt à la persécuter. Il nous faut donc chercher ailleurs. Cette cruelle persécution n'a apparemment aucun motif. Et pourtant, elle est bel et bien l'œuvre de quelqu'un.»

Wooley soupira :

«Letitia n'est pas très intelligente et elle peut à l'occasion se montrer dure et irritante. Pourtant, je la crois incapable d'avoir volontairement causé du tort à qui que ce soit.

— Peut-être l'a-t-elle fait à son insu? suggéra Hannibal. Vous m'avez confié qu'elle avait rompu des fiançailles à plusieurs reprises. Peut-être l'un des fiancés évincés s'est-il senti blessé?

— D'après Mme Chumley, Letitia n'a jamais blessé personne, déclara Wooley. C'est toujours elle, au contraire, la victime.

— Vraiment?

— Mais oui. Mme Chumley m'a raconté que la plupart des fiancés de Letitia n'étaient que des prétendants peu recommandables, uniquement soucieux de plumer une jeune héritière. Chester lui-même aurait aidé à en débarrasser sa sœur en leur versant la grosse somme. Certains de ces tristes aventuriers ne demandaient pas mieux que d'empocher de l'argent, sans être contraints au mariage. Quant aux jeunes gens sincères, je crois qu'ils se sont vite lassés d'une fiancée pareille. Il est pratiquement impossible de vivre auprès d'une fille aussi capricieuse que Letitia. »

Hannibal hocha la tête.

« Où est-elle maintenant ?

— A Beverly Hills, mais pas pour longtemps. Hier soir, elle a fini par se calmer et par se laisser convaincre que l'araignée s'était trouvée sur sa route par hasard. Mme Chumley l'a ensuite persuadée d'aller passer quelques jours à Beverly Hills pour se distraire un peu. Elle est donc partie. Et puis, le hasard lui a joué un tour.

— Un tour ? répéta Hannibal, intéressé.

— Cet après-midi, je me suis rendu à la villa pour emprunter un peu de café et Mme Burrow m'a appris que Letitia avait rencontré, à l'hôtel même où elle était descendue, un ancien fiancé à elle. L'événement l'a si fort émue qu'elle a décidé de rentrer chez elle ce soir même. Mme Chumley a vainement tenté de l'en dissuader, lui conseillant de changer tout simplement d'hôtel. Letitia n'a rien voulu savoir et a raccroché après avoir annoncé qu'elle serait ici ce soir. »

Charles Wooley venait juste de prononcer ces mots qu'on entendit crier.

« Elle est arrivée ! » annonça Peter.

Et il sortit en courant. Hannibal et Bob s'élancèrent à leur tour et grimpèrent la colline à sa suite. Charles Wooley les imita, non sans exprimer tout haut son mécontentement.

La nuit était presque entièrement tombée. Les cris continuaient. Letitia Radford semblait plus terrifiée que jamais. Les garçons l'entendirent hurler :

« Non! Non! Par pitié! »

Puis ses cris se transformèrent en sanglots violents. Au même instant, une monstrueuse apparition surgit sous les yeux du trio : l'épouvantail!

Les lumières de la terrasse éclairaient la scène. Hannibal, Bob et Peter aperçurent le visage grimaçant du mannequin animé : une figure faite d'une grossière toile de sac, fixée autour du cou par une corde. Les yeux brillaient méchamment dans les triangles découpés dans la toile, juste au-dessous du rebord du chapeau noir. L'apparition était vêtue exactement comme le mannequin fixé sur la barrière. On voyait la paille sortir des manches de sa veste.

A la vue des détectives et de l'entomologiste, l'épouvantail s'immobilisa un instant. Wooley laissa échapper une exclamation horrifiée : l'épouvantable créature brandissait une faux.

« Attention! » cria Peter.

Avec un rire bas, démoniaque, l'épouvantail leva l'instrument et fit le geste de faucher. Puis il chargea les arrivants. Et, tandis qu'il courait droit à eux, son arme dangereuse les menaçait.

« Oh, non! » murmura Bob.

D'un effort frénétique, il se jeta de côté pour

éviter la lame maniée par les mains gantées de l'épouvantail.

De son côté, Hannibal tenta de fuir. Malheureusement, il trébucha et tomba, en se protégeant instinctivement la tête de ses mains et en se ramassant sur lui-même comme pour échapper aux coups de son ennemi.

Peter, lui, resta sur place, paralysé. Le manche de la faux heurta son crâne. Le grand garçon sentit ses jambes se dérober sous lui. Alors, l'épouvantail dévala la colline à toutes jambes et disparut, non sans avoir obligé Wooley à sauter de côté pour ne pas être renversé au passage.

On entendit un bruit de fuite du côté des eucalyptus. Puis ce fut le silence.

« Peter! appela Bob d'une voix angoissée. Peter! Ça va? »

Peter se releva avec difficulté, tout en frottant son front meurtri.

« Ça va, oui... Il ne m'a pas frappé trop fort. Je... je n'ai pas réussi à l'écarter de son chemin.

— Cette maudite chose aurait pu vous tuer! s'exclama Wooley.

— Ecoutez! » fit Hannibal.

Letitia Radford gémissait à présent comme un petit animal blessé. Des lumières venaient de s'allumer un peu partout dans la villa. On reconnaissait les voix de Mme Chumley et de Burrow. Tous deux semblaient s'efforcer de réconforter la jeune fille.

Les trois détectives atteignirent la maison au moment où Burrow aidait Letitia à franchir la porte d'entrée. Assise sur son fauteuil, dans le hall, Mme Chumley paraissait anxieuse. La voiture sport de Letitia se trouvait dans l'allée. La portière, du côté du conducteur, était ouverte.

Letitia expliqua, dans un gémissement :

« Il... il avait une faux ! Une faux... comme la Mort en personne ! Il voulait me couper la tête !

— Oh ! Sûrement pas, mademoiselle Letitia ! protesta Burrow.

— Si ! Si ! Puisque je vous le dis... »

Hannibal, Peter et Bob pénétrèrent à leur tour dans le hall.

« L'épouvantail était bien armé d'une faux, confirma le chef des Détectives. Nous l'avons tous vu !

— Eh bien, à présent, en voilà assez ! Je ne peux plus supporter ça ! » lança une voix.

Et Mme Burrow, toute frémissante et sa coiffe de travers... fit une entrée quelque peu théâtrale.

« Tous ces cris... tout ce vacarme... ajouta-t-elle, haletante. Bref... j'ai appelé la police !

— Oh, mon Dieu ! s'exclama Mme Chumley.

— Elle a bien fait ! s'empressa de dire Charles Wooley qui était entré dans la foulée des garçons. A présent, peut-être, Reynolds daignera prêter attention à ce qui se passe ici !

— Je l'espère ! » grommela Mme Burrow.

Se tournant vers Letitia, elle la guida vers la salle de séjour.

« Venez donc vous asseoir, mademoiselle. Je vais vous préparer une bonne tasse de thé. Rien de tel pour vous calmer les nerfs. Vous avez dû avoir un fameux choc, à la vue de cette horrible chose. Je regardais moi-même par la fenêtre et je l'ai vu, cet affreux épouvantail, avec son arme brillante à la main. »

Un véhicule s'arrêta dans un grincement de freins sur la route toute proche. Tournant la tête, Hannibal aperçut les phares d'une voiture, juste devant le musée Mosby, Les lumières s'éteignirent et un homme mit pied à terre. Il traversa la route. C'était Gerald Malz.

« Que se passe-t-il ? demanda-t-il en s'approchant de la terrasse éclairée. Encore des ennuis ?

— L'épouvantail a de nouveau fait des siennes ! expliqua Burrow en s'avançant à sa rencontre. Quand Mlle Letitia est arrivée, il était là, dans l'allée, à la guetter.

— Par exemple ! lança Malz d'un ton sceptique.

— Ne dites pas "par exemple !" comme si Letitia avait imaginé tout cela ! s'écria Wooley avec colère. Nous avons tous vu cet épouvantail. Il nous a menacés avec sa faux. L'un de nous aurait fort bien pu être tué ! »

Le crâne chauve de l'entomologiste luisait. Ses yeux globuleux semblaient vouloir jaillir hors de leurs orbites. Plus que jamais il ressemblait à une fourmi super-intelligente.

Du bas de la colline monta soudain le bruit de sirènes.

« Ah ! Voilà la police ! soupira Mme Burrow avec soulagement. Je me demandais s'ils allaient venir. L'officier auquel j'ai parlé ne semblait guère enthousiaste à l'idée de courir après un épouvantail.

— Je parie que le shérif Reynolds s'est dérangé en personne, dit Hannibal d'un ton morne. Et je parie également qu'il ne sera pas content de nous trouver ici!»

Chapitre 12

Guet nocturne

Le lendemain matin, les trois détectives tinrent conseil à leur P.C., au *Paradis de la Brocante.* Comme l'avait deviné Hannibal, Reynolds avait montré quelque ennui en trouvant le trio à la villa, la veille au soir. Il avait balayé d'un geste le rappel du fait que lui-même avait déclaré que le cas Radford relevait de leur compétence. Ne leur avait-il pas précédemment recommandé de se tenir à l'écart de tout danger ? Et voilà qu'il les retrouvait, au beau milieu d'une délicate et dangereuse affaire ! Il avait ordonné aux trois garçons de rentrer immédiatement chez eux et de ne plus penser à l'épouvantail.

Mais, à son tour, Reynolds aurait fort bien pu deviner qu'Hannibal, Peter et Bob ne tiendraient aucun compte de ses recommandations et n'entendaient pas abandonner l'affaire qu'ils s'étaient chargés de démêler.

« Seulement, fit remarquer Hannibal à ses

camarades, il nous faudra être extrêmement prudents. Le chef de la police risque de devenir méchant s'il nous rencontre de nouveau chez les Radford.

— Oh, tu peux être tranquille! riposta Peter en frissonnant. Après ce qui nous est arrivé hier soir, je serai plus prudent que jamais.

— Letitia exceptée, tu as été la principale victime de l'épouvantail, fit remarquer Bob. Encore Letitia a-t-elle marqué un point, en un sens. A présent, tout le monde, autour d'elle, croit enfin à l'existence de cet épouvantail. »

Hannibal hocha la tête.

« A mon avis, elle se serait bien passée d'obtenir ce résultat au prix d'une telle frayeur. Il y a de quoi secouer moins sensible qu'elle. Si ses nerfs craquent pour de bon, personne ne pourra l'en blâmer. »

Installé à son bureau, dans la caravane-Q.G., le chef des Détectives tirait sur sa lèvre inférieure, signe d'intense réflexion.

« Nous avons tous vu distinctement l'épouvantail la nuit dernière, reprit-il. Nous pouvons déjà éliminer des suspects. Wooley était avec nous. Mme Burrow a déclaré avoir aperçu le mannequin ambulant par la fenêtre. Son mari et Mme Chumley sont accourus aux cris de Letitia. Il ne nous reste plus que Gerald Malz.

— Oui, dit Bob. Il pourrait fort bien avoir tenu le rôle de l'épouvantail. Après avoir laissé sa voiture au bas de la pente, sur le chemin, il avait le temps de terroriser Letitia, de redescendre en courant, de se débarrasser de son déguisement et de remonter ici en auto avant l'arrivée de la police.

— Possible, admit Hannibal. Malz est au courant de la double phobie de Letitia. Relativement aux épouvantails et aux insectes. Et il a fort bien pu apprendre qu'elle revenait ce soir de Beverly Hills... Pourtant, il ne faut pas oublier notre mystérieux guetteur : l'inconnu que nous avons poursuivi à travers le champ de blé! Il est également possible qu'il ait surveillé la villa Radford depuis la vieille baraque. Lui aussi pourrait fort bien être l'épouvantail. Malheureusement, nous n'avons aucun moyen de le savoir... à moins de le pincer en pleine action. »

Peter frissonna de nouveau.

«Je n'ai envie de pincer personne, avoua-t-il sans honte. Après nos aventures d'hier soir...

— Nous agirons avec prudence, coupa Hannibal, mais nous devons démasquer ce sinistre plaisantin. Nous sommes les seuls à avoir quelque peu débrouillé l'affaire. La police ne s'en est pas encore réellement occupée. Et nous savons déjà pas mal de choses, concernant cet épouvantail, dont nous pourrons tirer parti.

— Nous savons qu'il s'entend à manier la faux, fit remarquer Peter d'un air lugubre.

— Nous savons surtout qu'il a coutume de surgir au crépuscule. Du moins, chaque fois que Letitia Radford a eu affaire à lui, c'était entre chien et loup, à cette heure indécise où il est difficile de bien y voir.

— Je devine où tu veux en venir, coupa Bob.

— Hé oui! Ce soir, avant la nuit, nous retournerons sur la colline et nous ferons le guet aussi longtemps qu'il le faudra.

— Et si rien ne se produit?

— Nous recommencerons demain.

— Et si, au contraire, quelque chose arrive? demanda Peter d'une voix qu'il ne pouvait empêcher de trembler. Si l'épouvantail se montre?

— Alors, tout en restant cachés, nous ne le perdrons pas de vue et nous tâcherons de savoir où il va, décida Hannibal. Je vais vous préciser mon plan... Pour commencer, nous emporterons nos walkies-talkies de manière à rester en contact les uns avec les autres... Toi, Bob, tu surveilleras le musée Mosby. N'oublions pas que Gerald Malz est notre suspect numéro un. De ton côté, Peter, tu te cacheras tout près de la vieille baraque de Rock Rim. Quant à moi, je me charge de la villa des Radford. »

Peter poussa un énorme soupir.

« Très bien. Je me résigne. Je n'aime pas ça du tout, mais je t'obéirai. »

Peter était toujours aussi peu enthousiaste lorsque, ce soir-là, les trois détectives camouflèrent leurs bicyclettes dans un bouquet d'arbres, à quelque trois cents mètres de la grande villa. Hannibal tendit alors un walkie-talkie à Peter et un autre à Bob.

Les petits appareils émetteurs-récepteurs avaient été fabriqués par Hannibal lui-même, dans son atelier du *Paradis de la Brocante.* Semblables à ceux que l'on trouve dans le commerce, ils permettaient de converser facilement. Chacun des détectives portait une ceinture faite d'un fil de cuivre et terminée par une petite fiche que l'on pouvait introduire dans une prise sur l'appareil. Ces fils, formant antenne, donnaient la possibilité d'émettre et de recevoir sur une assez grande distance. Quand un des garçons désirait parler dans son microphone, il lui suffisait de pousser un bouton. Quand il voulait écouter, il lâchait le bouton.

« Et maintenant, déclara Hannibal à ses camarades, si vous apercevez l'épouvantail, gardez-vous de tenter de l'arrêter ! Tenez-le seulement à l'œil ! Et si vous avez besoin d'aide, utilisez votre walkie-talkie ! »

Peter et Bob approuvèrent du chef et les trois garçons se séparèrent tandis que le jour déclinait rapidement. Quittant la route, Peter coupa à travers champs pour gagner la vieille baraque en bordure de Rock Rim Drive.

Quand il y arriva, il constata avec satisfaction que le chemin de terre était vide. Aucune voiture n'y stationnait. La maison abandonnée semblait plus noire et désolée que d'habitude avec l'herbe qui envahissait les marches de l'entrée et la vigne vierge qui tapissait ses murs.

Le soleil se coucha à la minute même où Peter trouvait une bonne cachette parmi les buissons proches de la baraque.

« Numéro Deux ! appela le walkie-talkie en crachotant un peu. Où êtes-vous, Numéro Deux ? »

C'était la voix d'Hannibal.

Peter pressa le bouton de son appareil.

« Ici Numéro Deux, chef ! répondit-il. Je me trouve parmi les buissons, en bordure de la vieille baraque. Rien à signaler pour l'instant. Le coin est désert.

— Parfait, lieutenant ! dit Hannibal. Ouvrez l'œil et le bon !... Bob ! Je ne te vois plus ! »

L'appareil émit un petit « clic ».

« Je suis derrière le musée Mosby, annonça la voix de Bob.

— Très bien, répliqua Hannibal. L'ombre s'épaissit. Fais bien le guet et ne te sers qu'à bon escient de ton walkie-talkie. Terminé ! »

Le silence retomba. Peter s'assit à même le sol, les genoux au menton. Il attendait tout en prêtant l'oreille. Au début, il n'entendit rien. Mais bientôt, encore faible, il perçut le bruit d'un moteur de voiture peinant à flanc de colline.

Peter écouta plus attentivement. La route de Chaparral Canyon était relativement fréquentée. La voiture, qui venait de la route côtière, pouvait fort bien gagner le sommet de la colline pour redescendre ensuite vers la vallée de San Fernando, de l'autre côté.

Mais si elle allait tourner dans Rock Rim Drive ?

Le rythme du moteur se modifia quand le conducteur changea de vitesse. Peter ne pouvait plus s'y tromper : le véhicule venait bien dans sa direction. Il perçut le grincement d'amortisseurs fatigués qui protestaient à leur manière.

Puis il vit la lumière des phares. La voiture se rapprochait de plus en plus.

Un instant encore et la lumière des phares parut éclairer jusqu'au fond de la cachette de Peter, tandis que la guimbarde cahotait sur le chemin de terre pour s'arrêter enfin près de la maison en ruine. Le conducteur coupa le contact et mit le frein à main qui grinça affreusement à son tour.

La portière s'ouvrit. Un homme sauta à terre. D'un pas tranquille, il se dirigea dans l'ombre vers l'arrière de la baraque. Peter l'entendit ouvrir une porte. Quelques secondes plus tard, une lueur brilla entre les planches disjointes des fenêtres.

L'inconnu monta directement au second étage. Peter entendait l'écho de ses pas sur les marches de bois. Toujours au bruit, il comprit que l'homme s'approchait des fenêtres donnant sur le derrière de la maison.

Peter, dans sa cachette, s'étira jusqu'à ce qu'il pût voir les fenêtres en question... celles d'où on apercevait la villa Radford. Tout d'abord, les ouvertures ne lui parurent que des trous d'ombre. Puis une allumette enflammée éclaira l'une d'elles, laissant entrevoir un visage tanné et buriné, avec deux grandes rides descendant des ailes du nez jusqu'aux coins de la bouche.

L'homme alluma une cigarette, ce qui permit à Peter de distinguer encore une chevelure toute blanche. L'allumette s'éteignit et seul persista le rougeoiement de la cigarette... Pour le reste, la maison n'était que ténèbres.

Tremblant en son for intérieur, Peter se coula jusqu'à la guimbarde, aussi courbé qu'il le pouvait afin d'échapper aux regards de l'homme. Parvenu à la voiture, il n'avait plus à craindre d'être vu.

Qu'est-ce que l'inconnu pouvait bien guetter ? La villa Radford, bien sûr, mais quoi au juste dans la villa ? Peut-être un signal quelconque auquel il répondrait en endossant la défroque de l'épouvantail pour tenir un rôle sinistre ?

Peter avait grande envie d'appeler Hannibal par l'intermédiaire du walkie-talkie. Cependant, il n'osait pas, tant il redoutait d'être entendu. Renonçant donc à cette idée, il se mit en devoir d'essayer d'ouvrir une des portes arrière de la voiture. Elle n'était pas fermée !

Il faisait très sombre à l'intérieur de la guimbarde. Cependant, Peter y voyait assez pour se rendre compte que la banquette arrière était absente et que, à la place, s'entassaient d'étranges objets. Allongeant la main, il toucha d'abord ce qui lui parut être une espèce de filet, fixé à une armature de métal. A côté se trouvaient d'autres objets munis d'un long manche, en plastique... entre autres quelque chose qui ressemblait à un râteau. Puis il sentit une forte odeur de produit chimique.

Le grand garçon se glissa dans la voiture, tâtant et reniflant. Du chlore. Oui, c'était bien une odeur de chlore qui lui piquait les narines. Et les outils étaient, de toute évidence, destinés à nettoyer une piscine. Le guetteur posté dans la vieille baraque n'était autre que l'homme chargé de l'entretien d'une piscine : peut-être celle des Radford?

Peter s'adressa à lui-même un sourire ironique. Les Trois jeunes détectives s'étaient donné beaucoup de mal pour enquêter sur les Burrow, Gerald Malz et même Charles Wooley, leur propre client. Mais ils n'avaient pas accordé une seule pensée à ces autres familiers de la maison Radford : les jardiniers et l'homme de la piscine. Peut-être l'un d'entre eux avait-il un sérieux motif de haine contre Letitia. Peut-être s'était-elle montrée hautaine et impatiente? Ou peut-être, tout simplement, le propriétaire de la guimbarde était-il un homme aigri par la vie, qui prenait plaisir à faire souffrir les autres?

«Si seulement, songea Peter, je pouvais mettre la main sur la défroque de l'épouvantail! Ce serait une preuve, cela!»

Soudain, il se raidit. Non, il ne se trompait pas! Le véhicule bougeait sous lui!

«Flûte! Il ne manquait plus que ça!»

D'un geste désespéré, sans même réfléchir, Peter s'étira par-dessus la banquette de devant et empoigna le frein à main. Il s'était desserré, et ne répondit pas aux efforts frénétiques de Peter qui tentait de le serrer de nouveau. Le jeune garçon se rabattit sur le volant, essayant de diriger tant bien que mal la voiture qui roulait de plus en plus vite en direction de Rock Rim Drive. Il réussit même à se couler sur le siège du conducteur. Son pied écrasa alors la pédale du frein. Elle s'enfonça sans résistance tandis que l'odeur du liquide lubrifiant montait à ses narines : les freins ne fonctionnaient plus! C'était le bouquet! Plus moyen de ralentir la course de l'auto!

En un éclair, Peter se demanda s'il ne pourrait pas, d'un coup de volant habile, couper l'élan du véhicule. Mais la manœuvre pouvait rater et la voiture se retourner. Allons, mieux valait encore sauter!

Peter ouvrit la portière et vit les arbres défiler sous ses yeux à la pâle lueur du crépuscule. Respirant à fond, il sauta, aussi loin qu'il le put.

Il vit alors le ciel au-dessus de lui et la route au-dessous. Puis il toucha le sol et roula encore et encore, tandis que la guimbarde s'éloignait, craquant et gémissant.

Peter finit par atterrir dans une sorte de fossé. Sa tête heurta quelque chose de dur, et le gris bleuté du ciel fit place à un feu d'artifice coloré éclatant sous son crâne.

A présent, le jeune garçon gisait de tout son long, parfaitement inconscient de ce qui l'entourait.

Chapitre 13

Hannibal a des ennuis

La lune commençait à monter au-dessus de l'horizon quand Hannibal entreprit sa quatrième ronde silencieuse autour de la villa Radford. Il marqua une pause derrière la maison. La nuit était chaude. Aussi, en dépit de la menace de l'épouvantail qui planait sur eux, les occupants de la vaste demeure n'avaient pas fermé toutes les fenêtres. Le regard du chef des Détectives plongeait dans les pièces éclairées. Il apercevait Mme Burrow, dans sa cuisine, en train de récurer l'évier. Dans la petite pièce qui faisait suite à l'office, seul l'écran du téléviseur était lumineux. La silhouette de Burrow, installé dans un fauteuil, juste devant le poste, s'indiquait en ombre chinoise.

Hannibal avança de quelques pas. A présent, par la fenêtre du petit salon de Mme Chumley, il pouvait voir celle-ci et Gerald Malz occupés à jouer aux échecs. A un certain moment, Malz sourit, déplaça une pièce et dit quelque chose à sa partenaire. Mme Chumley fit la grimace : de toute évidence, la partie ne se déroulait pas à son avantage.

Hannibal en eut confirmation un instant plus tard en devinant les mots « Echec et mat » sur les lèvres du conservateur du musée. Mme Chumley poussa une exclamation de dépit. Malz se leva alors, prononça deux ou trois paroles qu'Hannibal ne put saisir, et prit congé de son hôtesse.

Après le départ de son visiteur, Mme Chumley resta immobile un moment, les yeux levés sur sa copie du Vermeer. Puis, comme frappée d'une pensée soudaine, elle fit rouler son fauteuil jusqu'à sa chambre à coucher, qui faisait suite au salon, et donna la lumière. Hannibal la vit ouvrir la double porte d'une grande penderie. Le chef des Détectives, allongeant un peu le cou, distingua les vêtements suspendus là, sous une étagère supportant des boîtes et des cartons.

Brusquement, Mme Chumley se retourna. Son regard fouilla la nuit, au-dehors. On eût dit qu'elle sentait la présence d'un étranger sur la pelouse obscure. Elle alla aussitôt tirer les rideaux de toutes les fenêtres, mettant ainsi fin à l'espionnage d'Hannibal.

Celui-ci ricana dans l'ombre et reprit sa ronde. La chambre de Mme Chumley occupait un angle de la villa. Après avoir tourné le coin, le chef des Détectives se trouva à un endroit où le terrain en pente laissait à nu le mur du sous-sol. Juste au-dessous de la chambre de la gouvernante s'ouvrait une porte d'où partait un étroit sentier aboutissant à l'allée centrale. Hannibal supposa que cette porte était utilisée par les jardiniers et les livreurs.

Le jeune garçon continua à longer la maison, dépassa le garage multiplaces et rejoignit la grande allée, d'où, coupant à travers la pelouse, il gagna la terrasse.

Ayant bouclé la boucle, Hannibal se trouva de nouveau devant la partie de la maison réservée aux serviteurs. Mme Burrow frottait toujours son évier tandis que son mari continuait à regarder le match de base-ball qui se déroulait sur le petit écran. Le chef des Détectives alla se poster derrière une énorme plante en pot. Les grandes fenêtres de la salle de séjour étaient ouvertes. Installés de part et d'autre d'une table à jeu, Letitia Radford et Charles Wooley disputaient une partie de cartes. Le crâne chauve de l'entomologiste brillait d'une façon presque agressive.

Gerald Malz entra soudain dans la pièce. Cette fois, ses paroles parvinrent avec netteté à Hannibal.

« Alors! On dirait que vous avez enterré la hache de guerre? »

Wooley répondit sans lever les yeux de ses cartes :

« Nous sommes solidaires pour affronter un ennemi commun.

— Vous avez raison! Et maintenant, je vais

vous souhaiter bonne nuit. J'ai pas mal à faire avant de partir en vacances.

— Vous partez en vacances? dit Letitia. Ciel! Que va devenir le musée Mosby en votre absence?

— Le musée sera fermé, Letitia, répliqua Malz. Il ferme toujours la seconde quinzaine d'août, vous le savez bien. Un des gardiens ira s'installer dans la chambre d'ami du troisième étage jusqu'à mon retour. Ce n'est qu'une précaution de sécurité supplémentaire.

— Je vois, dit la jeune fille. Mme Chumley va certainement vous regretter. Quand partez-vous?

— Vendredi. Mais je vous reverrai d'ici là.»

Il quitta la pièce et Hannibal se hâta de passer de la terrasse à la pelouse obscure. De loin, il vit Malz traverser la route et regagner le musée.

Ombre plus noire dans la nuit, Bob se détacha alors au coin de la grande bâtisse. Il signala sa présence d'un geste silencieux, puis redevint invisible.

Hannibal retourna sur la terrasse, près de la fenêtre, juste à temps pour voir Mme Chumley franchir le seuil de la salle de séjour dans son fauteuil roulant. Elle avait un carton sur les genoux.

«Ma petite Letitia, dit-elle, quand vous aurez terminé votre partie, peut-être pourrons-nous faire un tri parmi ces photos?

— Quelles photos? demanda la jeune fille.

— Des photos de vous, ma chérie. Je me propose depuis longtemps de les classer. J'ai pris des instantanés de vous depuis votre enfance. Je vous ai à tous les âges... jusqu'au moment où vous êtes partie vivre plus ou moins à l'étranger. »

Le visage de l'infirme prit soudain une expression soucieuse.

« Vous savez, ma petite Letitia, je suis bien contente de vous avoir ici, vous vous en doutez. Pourtant, je me demande si vous ne seriez pas mieux en Europe... actuellement. Pourquoi n'iriez-vous pas rejoindre votre frère ? Il fait une croisière en Méditerranée, n'est-ce pas ? Il serait enchanté de votre compagnie et vous n'auriez plus à vous soucier de cet horrible épouvantail. Chester veillerait sur vous. Il vous protège toujours, d'ailleurs. »

Letitia haussa les épaules.

« Madame Chumley, dit-elle, vous savez parfaitement que ma présence agace mon frère. Et puis... je ne veux pas fuir. Et je ne permettrai pas non plus à... ce monstre de me rendre folle.

— Peut-être avez-vous raison », soupira la gouvernante d'un ton peu convaincu.

Otant le couvercle de la boîte aux photographies, elle commença à regarder celles-ci.

Hannibal quitta la terrasse sur la pointe des pieds et amorça une nouvelle ronde autour de la maison. Il éprouvait un vague malaise. Quelque chose, dans la scène qui venait de se dérouler sous ses yeux, lui semblait sonner faux. Impossible, cependant, de préciser cette impression.

Soudain, alors qu'il tentait de se concentrer sur la question, il s'aperçut que quelqu'un avançait dans l'ombre des eucalyptus.

Le cœur d'Hannibal se mit à battre très fort. L'épouvantail! Ce ne pouvait être que lui! Malz avait regagné le musée et tous les occupants de la villa Radford se trouvaient soit dans la salle de séjour, soit dans le quartier des domestiques.

En silence, le chef des Détectives se glissa du côté des arbres. Il perçut bientôt le bruit léger que faisait l'intrus en se faufilant entre les branches. Le rôdeur nocturne semblait se diriger vers la grange-laboratoire.

Hannibal se trouvait encore sous les arbres quand celui qu'il pistait déboucha du couvert. C'était bien l'épouvantail! Il marchait hardiment sur la grange, sans regarder derrière lui. Cependant, quand il eut atteint la porte du bâtiment, il s'arrêta.

Hannibal devina le pourquoi de la chose : l'épouvantail se heurtait à un solide cadenas! En effet, après avoir été chargé par le mannequin et menacé par sa terrible faux, Charles Wooley avait jugé bon de prendre de sérieuses mesures de protection.

L'épouvantail laissa échapper une sorte de grognement. La scène, dans ce cadre nocturne, avait quelque chose d'irréel et aussi d'assez terrifiant. Malgré lui, Hannibal esquissa un mouvement de recul.

Puis il reprit son sang-froid et avança de nouveau.

Par malheur, il posa le pied sur un objet rond

— sans doute un caillou — qui roula. Hannibal sentit sa cheville se tordre sous lui. Il tomba, écrasant avec bruit un petit buisson desséché.

L'épouvantail se retourna. Il aperçut le chef des Détectives et se rua sur lui. Hannibal eut juste le temps de se protéger la figure de ses bras et de rouler de côté. Déjà, poussant un cri sauvage, l'épouvantail avait bondi !

Chapitre 14

Les fourmis dévoreuses

Hannibal se raidit, dans l'attente du coup fatal qui ne pouvait manquer de suivre. Les chaussures de l'épouvantail frappèrent le sol, juste à côté de sa tête. Mais la terrifiante créature continua à bondir en avant, dans un grand froissement de branches et de feuilles mortes, pour disparaître bientôt parmi les eucalyptus. Hannibal se retrouva seul.

Seul et indemne!

Un peu secoué toutefois, il se mit debout et ramassa le walkie-talkie qui lui avait échappé. Il en pressa le bouton.

« Peter! Bob! lança-t-il d'une voix frémissante d'excitation. L'épouvantail était ici. Je l'ai vu. M'entendez-vous ? »

Il lâcha le bouton. On entendit un léger « clic » puis la voix de Bob répondit.

« Où es-tu, Babal ?

— Près du bouquet d'eucalyptus. Je crois que l'épouvantail est remonté vers la villa.»

Un nouveau «clic» se fit entendre. Cette fois, c'était Peter qui parlait.

«En tout cas il n'est pas venu dans ma direction, dit-il d'une voix blanche. J'ai eu à surveiller un suspect, mais ce n'était pas l'épouvantail. Ç'aurait été impossible. En effet, il était encore dans la vieille baraque il y a une minute. Après quoi, il a dû courir après sa vieille guimbarde dont les freins avaient lâché. Quand il l'a eu rattrapée, il s'est éloigné au volant.

— As-tu noté le numéro de la voiture? demanda Bob.

— Que non! J'en aurais été bien incapable. Pour tout dire, j'étais assez sonné.

— Peter! Serais-tu blessé? s'enquit Hannibal, soudain inquiet.

— Non, non. Je n'ai rien de cassé. Je me sens seulement un peu meurtri, après une chute que j'ai faite.

— Eh bien, mon vieux, ouvre l'œil pour le cas où l'épouvantail s'aviserait d'aller de ton côté. Et toi, Bob, cela t'ennuierait-il de surveiller la villa Radford?

— Tu veux que je te remplace? demanda Bob. Que vas-tu donc faire toi-même?

— Essayer de retrouver la piste de l'épouvantail! expliqua Hannibal.

— Nom d'un pétard! lança Peter. Tâche d'être prudent!»

Pour être prudent, Hannibal fut prudent! Aussi silencieux qu'une ombre, il s'enfonça dans le bosquet d'eucalyptus en s'efforçant de se mettre par la pensée à la place de l'épouvantail. Où celui-ci avait-il choisi de chercher refuge en cas d'alerte ? Dans quel endroit avait-il pu se cacher pour échapper à d'éventuels poursuivants ?

Hannibal s'arrêta pour tendre l'oreille et n'entendit rien, sinon le chant des cigales. Il se trouvait à présent en bordure des arbres et apercevait la grande maison sur la colline. Les fenêtres donnant sur la terrasse étaient ouvertes et éclairées. A l'intérieur, les habitants de la villa poursuivaient leurs occupations : ils jouaient aux cartes et regardaient des photographies. Mais quelque part au flanc de la colline, protégé par l'obscurité, le sinistre mannequin vivant se terrait.

Le champ de blé s'étendait derrière Hannibal qui tenta de l'oublier. Ce n'est pas dans cette direction qu'avait fui l'épouvantail. Le chef des Détectives avait l'impression qu'il s'était précipité vers l'espace découvert, derrière la villa.

Hannibal repartit donc de ce côté, en jetant constamment des coups d'œil à droite et à gauche. Rien ne bougeait sur la pelouse obscure, derrière la maison. En regardant à flanc de colline, sur l'autre versant, Hannibal distingua les contours d'un cottage. Niché dans un creux de terrain, il devait facilement passer inaperçu. Hannibal savait que c'était là le petit pavillon, destiné aux invités, qui servait de logis à Charles Wooley.

Le chef des Détectives, immobile et pensif, se demandait si l'épouvantail oserait s'introduire chez Wooley. Peut-être, en ce moment même, s'y trouvait-il déjà, aux aguets, attendant qu'Hannibal fasse un mouvement ou poursuive sa route. Si Hannibal se dirigeait vers le pavillon, le mannequin animé l'attaquerait-il ? Ou bien s'esquiverait-il pour gagner Rock Rim Drive ? Ou encore avait-il trouvé quelque autre abri au milieu des buissons alentour ?

Lentement, Hannibal se mit en marche, en direction de la petite maison. Il s'approcha tout doucement du porche, puis décida soudain que toute précaution s'affirmait inutile. Si l'épouvantail était déjà à l'intérieur du pavillon, il l'avait certainement entendu venir.

Hannibal frappa alors à la porte comme s'il venait rendre visite à l'entomologiste.

« Monsieur Wooley ? appela-t-il. C'est moi, Hannibal Jones ! »

Il frappa de nouveau. Puis, avisant un heurtoir, il le mania avec force. Oh, stupeur ! La porte n'était même pas correctement fermée. A l'instant même où le heurtoir retombait, elle tourna sur ses gonds. Le cœur cognant très fort, Hannibal poussa le battant.

Puis il attendit. Comme rien ne se produisait, il se mit à parler tout haut :

« Puisqu'il n'est pas là, je vais lui laisser un mot. »

En tâtonnant, il trouva l'interrupteur près de la porte et appuya dessus. Plusieurs lampes s'allumèrent simultanément.

Hannibal se trouvait au seuil d'une confortable petite salle de séjour, aux meubles rustiques et pourvue d'une cheminée de pierre. A sa droite, une cuisinette tenait un minimum de place.

Comme il était évident que personne n'aurait pu se cacher là, le chef des Détectives traversa la pièce principale pour atteindre une porte, en face de lui. Au-delà, il n'y avait qu'une salle de bain et une chambre à coucher avec deux lits jumeaux. Personne sous le rideau de la douche. Personne sous les lits. Personne encore dans la penderie derrière la porte. Le pavillon était sans mystère.

Satisfait de son inspection, Hannibal tourna les talons pour regagner la salle de séjour. Mais alors, son sang se glaça dans ses veines et il s'arrêta net. Il se rappelait brusquement les descriptions imagées de Charles Wooley à propos des fourmis guerrières.

L'entomologiste les avait dépeintes coulant comme un long fleuve, envahissant les demeures habitées et dévorant tout sur leur passage.

« Imaginez un peu ! » avait-il dit.

Hannibal n'avait pas besoin de faire appel à son imagination. Il voyait, de ses yeux... Une véritable coulée des redoutables insectes en train de passer le seuil. Il y en avait des milliers et des milliers, marchant en bataillons serrés sur le plancher ou grimpant aux meubles. Une chaise était déjà entièrement couverte d'une sorte de manteau vivant constitué par les bestioles.

De nouveau, Hannibal se remémora certaines paroles de Wooley :

« Ces fourmis sont capables de dévorer tout être vivant. »

Puis, pour se donner du courage, il s'écria tout haut :

« Quelle absurdité ! Ces fourmis ne sont pas aussi féroces que leurs cousines d'Afrique ! »

Soudain, il se rappela que les fourmis étudiées par l'entomologiste sur la colline étaient d'une espèce nouvelle, peut-être des mutantes.

Wooley lui-même savait peu de chose à leur sujet. Hannibal eut la brutale vision des fourmis guerrières grouillant sur son corps, chacune arrachant un minuscule lambeau de chair, bref, le dévorant tout vif.

Faisant demi-tour, le chef des Détectives se précipita vers la fenêtre de la chambre à coucher et tenta de l'ouvrir. Elle lui résista. Elle était bloquée !

Hannibal retira alors vivement l'une de ses chaussures et la brandit au-dessus de sa tête, avec l'intention de briser la vitre. Et puis, il s'avisa de l'inutilité de son geste. Les fenêtre du pavillon étaient protégées par une grille aux solides barreaux.

Alors, il fit front à l'ennemi... La tête de la redoutable colonne venait de pénétrer dans la chambre et s'avançait vers lui.

Hannibal était coincé !

Chapitre 15

Letitia craque une allumette

L'armée des insectes continuait à avancer. On eût dit le flot de quelque liquide épais et visqueux.

Hannibal pressa le bouton de son walkie-talkie.

« Peter! Bob! appela-t-il. Des fourmis! Des légions de fourmis! Au pavillon de Wooley. Vite! Prévenez le professeur! »

Les fourmis se faisaient de plus en plus nombreuses.

« Compris! jeta la voix de Bob.

— Dépêche-toi! cria Hannibal saisi de panique. Je suis pris au piège. Toute retraite m'est coupée. »

Sautant sur l'un des lits, il tira vivement à lui l'étoffe fleurie qui le recouvrait, afin qu'elle ne touchât plus le sol.

« Peter! Bob! hurla-t-il encore dans son appareil. Vite! Vite! »

L'invasion des insectes prenait des proportions tragiques. Le pauvre Hannibal n'en menait pas large.

Soudain, il entendit quelqu'un courir au-dehors. Puis la voix de Charles Wooley lui parvint :

« Dieu tout-puissant! s'écriait l'entomologiste.

— Babal! appela de son côté la voix de Bob. Où es-tu?

— Dans la chambre à coucher! hurla Hannibal. Dépêchez-vous! »

Il entendit presque aussitôt une troisième voix : celle de Mme Burrow pestant contre les ignobles insectes. Puis Burrow ordonna à sa femme de se retirer. Au même instant, quelqu'un cogna à la fenêtre de la chambre à coucher.

Hannibal cessa de surveiller l'approche des fourmis pour se tourner de ce côté. Il vit alors Peter qui le regardait à travers les barreaux. Bob, à côté de lui, tentait déjà de repousser le battant de la fenêtre.

« Elle est coincée! cria Hannibal. Ce doit être la peinture qui l'a collée! »

Burrow et Wooley apparurent à leur tour. Bob et Peter s'écartèrent pour leur céder la place. L'entomologiste tenait un gros caillou à la main. Il passa celle-ci entre les barreaux : la vitre vola en éclats.

« Tenez! lança-t-il à Hannibal. Attrapez cette

bombe insecticide, et allez-y carrément! Faites vite, puis approchez-vous de la fenêtre.

— Vous trouverez un petit verrou juste à droite du chambranle, indiqua Burrow. Tirez-le : il commande la grille qui vous livrera passage.»

Les premières fourmis de la colonne grimpaient déjà le long des pieds du lit. Cependant, le plancher n'était pas complètement couvert par les envahisseuses. Hannibal mania sa bombe avec ardeur, dirigeant le jet insecticide sur le sol, près de lui. Puis il mit pied à terre, écrasant les fourmis sous ses pas. Un frisson de dégoût le parcourut mais il continua à asperger à la ronde. Un coup de bombe, un pas en avant. Un autre coup de bombe, un autre pas. Il finit par marcher sur des éclats de verre.

«Le verrou maintenant! marmonna-t-il. Où diable est-il?»

Burrow le renseigna :

«Ecartez cette petite commode sur votre droite. Vous le verrez!»

Hannibal le trouva en effet et se hâta de le manœuvrer. Il commandait la grille encastrée. Un déclic. Le cadre métallique s'écarta. Burrow, aidé de Wooley, tirèrent à eux les barreaux, puis forcèrent la fenêtre.

Un instant plus tard, Hannibal se retrouva sain et sauf à côté d'eux, sur l'herbe. Mme Burrow se mit à s'agiter autour de lui, gloussant comme une grosse poule qui aurait retrouvé son poussin.

Mais Charles Wooley, fasciné, ne pouvait

détourner son regard des fourmis. A présent, leur flot avait submergé le lit qui avait servi de refuge provisoire à Hannibal.

C'est à cette minute précise que Letitia Radford arriva en courant. Les lumières du pavillon permirent à Hannibal de voir distinctement son visage ; il était convulsé d'horreur. La jeune fille tenait à la main une nourrice, rouge et carrée.

Le chef des Détectives devina aussitôt de quoi il s'agissait. Et, à la crispation de la main de Letitia sur la poignée du récipient, il comprit ce qu'elle allait faire.

« Mademoiselle Radford ! s'écria-t-il. Non ! Pas ça !

— Reculez-vous ! cria-t-elle en retour. Ne m'approchez pas ! »

Sa voix vibrait de haine meurtrière. Elle souleva la nourrice et fit le geste d'en jeter le contenu sur Hannibal.

« Letitia ! De grâce ! pria Wooley. Mes fourmis... mes recherches ! Je vous en conjure... ! »

Letitia Radford se contenta de le regarder avec un froid dédain. Puis elle commença à verser le liquide contenu dans la nourrice sur le porche et sur les murs du pavillon.

Une odeur d'essence se répandit dans l'air.

Pour finir, Letitia jeta la nourrice et ce qui restait dedans à l'intérieur de la petite maison, en plein sur les fourmis grouillant sur le plancher. Après quoi, elle sortit quelque chose de sa poche.

« Letitia ! Non ! » répéta Wooley.

Il bondit en avant, mais trop tard. Letitia avait déjà craqué une allumette qu'elle lança dans le pavillon.

On entendit une explosion. Puis la porte d'entrée et le porche prirent feu. Bientôt, tout le pavillon fut la proie des flammes.

« Vous voyez! s'écria Letitia triomphante. J'en suis venue à bout! J'en avais assez! Je ne pouvais plus les souffrir. »

Après quoi elle fit demi-tour pour regagner la villa.

Chapitre 16

Nuit d'épouvante

«Si seulement j'avais noté le numéro minéralogique de cette vieille guimbarde!» soupira Peter.

Ce matin-là, au lendemain de l'incendie du pavillon, les Trois jeunes détectives, réunis dans leur Q.G., discutaient des événements de la veille.

«L'homme chargé d'entretenir la piscine! murmura rêveusement Bob. Il ne nous sera pas difficile de savoir qui il est.

— Cela ne nous servira peut-être pas à grand-chose, fit remarquer Hannibal. Peter! tu nous as dit que tu n'étais resté assommé que l'espace de quelques secondes et que, revenu à toi, tu avais vu l'homme courir après sa voiture...

— Oui. Il l'a rejointe alors qu'elle allait verser dans le fossé. Il a réussi à redresser le volant et à arrêter ce maudit véhicule. Ensuite, sans se soucier de continuer à guetter, il a filé à toute vitesse malgré l'absence de freins.

— Ceci prouve que ton bonhomme n'est pas l'épouvantail, déclara Hannibal. Au moment où il courait après sa bagnole, l'épouvantail cherchait à s'introduire dans la grange-laboratoire du docteur Wooley.

— Mais alors, *qui* est l'épouvantail?

— Essayons de faire le point. Les Burrow sont à rayer une fois pour toutes de la liste des suspects. Je les ai vus tous deux à la villa Radford juste avant de rencontrer l'épouvantail. Même chose pour Wooley. Il ne reste donc que Gerald Malz! Nous étions d'ailleurs arrivés à cette même conclusion précédemment. »

Bob et Peter restèrent silencieux, attendant la suite. Hannibal se pencha en avant, les coudes sur son bureau.

« Nous pourrions continuer à discuter ainsi sans aboutir à rien de plus. En fait, nous n'en savons pas assez! Je propose donc que nous enquêtions d'une autre manière. C'est évidemment Letitia Radford que visent toutes ces attaques. A l'heure qu'il est, elle doit avoir récupéré son sang-froid. Il faut que nous l'interrogions au sujet des gens qui, de près ou de loin, pourraient lui être hostiles.

— Elle va encore piquer une crise de nerfs », prophétisa Peter.

Bob renchérit

« Ça, c'est sûr. Elle se juge dotée de toutes les qualités et absolument adorable. Elle ne voudra jamais convenir que quelqu'un puisse ne pas l'aimer.

— Elle est pourtant bien forcée d'admettre

qu'une personne, au moins, lui veut du mal... l'épouvantail! souligna le chef des Détectives. Il faut absolument la faire parler. Venez! Profitons de l'absence de tante Mathilde qui est allée faire des courses!

— Bonne idée! fit Peter, tout joyeux à l'idée d'échapper aux corvées. Si elle nous voyait, ta tante ne manquerait pas de nous faire travailler et je ne peux pas dire que l'idée m'emballe!»

Quelques minutes plus tard, les trois garçons pédalaient sur la route côtière.

Quand ils sonnèrent à la villa Radford, ce fut Letitia en personne qui leur ouvrit. A son habitude, la jeune fille portait d'élégants vêtements. Mais son visage était pâle et des ombres bleues cernaient ses yeux.

«Nous aimerions nous entretenir avec vous, si vous le voulez bien, commença Hannibal avec une exquise politesse.

— Ma foi... si c'est nécessaire. Mais je suis horriblement lasse. Le capitaine des pompiers m'a retenue très tard hier soir. Il était furieux contre moi. A son avis, il y a de meilleurs moyens de se débarrasser de fourmis que de mettre le feu à la maison.»

Hannibal ne répondit pas. Il partageait l'avis du capitaine des pompiers.

«De toute façon, continua la jeune fille, je n'ai guère pu dormir. Mme Chumley a été souffrante la nuit dernière. Cela lui arrive parfois et, dans ce cas, elle n'aime pas rester seule. J'ai donc veillé à son chevet. En fait, je la quitte seulement à l'instant... pour répondre à votre coup de sonnette.

— Voulez-vous que je vous remplace auprès d'elle? proposa aimablement Bob. Cela vous permettrait de prendre un peu de repos.»

Letitia accepta avec un sourire.

«Je veux bien. C'est très gentil à vous. Elle vient de s'installer dans son petit salon. Vous n'aurez qu'à frapper avant d'entrer.»

Bob se dirigea vers l'appartement de la gouvernante tandis que Letitia introduisait ses camarades dans la salle de séjour. Après avoir invité les garçons à s'asseoir, elle-même prit place sur un divan.

«Nous aimerions, commença Hannibal, vous interroger sur les gens que vous connaissez ou avez pu connaître. Voyons! N'existe-t-il pas quelqu'un qui puisse vous en vouloir?

— M'en vouloir? A moi? répéta Letitia en ouvrant de grands yeux étonnés.

— Oui. Disons... Gerald Malz, peut-être?

— Ne soyez pas ridicule! Gerry fait en quelque sorte partie de la famille. En outre, la seule chose dont il se soucie au monde est sa collection de tableaux.

— Alors, peut-être un de vos domestiques a-t-il sujet de se plaindre de vous?

— Vous ne pensez pas à Burrow, j'espère?

— Non. Nous sommes certains que Burrow ne peut pas être l'épouvantail. Mais ne pourrait-il s'agir d'un autre membre du personnel? L'un des jardiniers, par exemple? J'ai compris qu'ils venaient travailler ici deux fois par semaine... Et l'homme chargé d'entretenir la piscine ? Vient-il régulièrement lui aussi ?

— Oui, deux fois par semaine également, répondit Letitia. Mais pourquoi m'aurait-il prise en grippe ? Je ne le connais pour ainsi dire pas. C'est un étudiant qui cherche à se faire un peu d'argent en bricolant ici et là... un de ces jeunes qui mettent leurs vacances à profit pour se bronzer au soleil tout en travaillant.

— Un jeune étudiant ? répéta Hannibal, surpris.

— Puisque je vous le dis ! »

Hannibal s'absorba dans ses pensées tout en tirant sur sa lèvre inférieure. Letitia haussa les épaules.

« De toute façon, reprit-elle, j'en ai par-dessus la tête de cette histoire. J'abandonne. J'ai décidé de retourner en Europe. Vous comprenez... l'épouvantail... eh bien, il est revenu la nuit dernière ! »

Hannibal et Peter sursautèrent, interrogeant du regard.

« Oui. Il est revenu... vers minuit. Je me trouvais au chevet de Mme Chumley. Les lumières étaient éteintes. Par la fenêtre, je l'ai aperçu dans l'allée. Il se dirigeait vers le garage en poussant une brouette.

— Une brouette ? répéta Hannibal. Cette brouette était-elle vide ou y avait-il quelque chose dedans ?

— Elle contenait... heu... un tas informe, répondit évasivement Letitia. Il faisait trop sombre pour bien voir. Il m'a semblé que c'était de la boue.

— Et vous n'avez appelé personne ? demanda Hannibal, stupéfait.

— Non. Je suis fatiguée d'appeler à l'aide. Si je dois devenir folle, autant me résigner à le faire en silence. Quand je crie, cela ne me vaut que des désagréments.

— Ah ! dit sobrement le chef des Détectives.

— Pour en revenir à vos questions, je ne vois vraiment personne qui puisse avoir un grief contre moi. Et il faudrait que ce soit un grief bien ancien. J'ai passé des années et des années loin de Los Angeles. »

Mme Burrow parut soudain au seuil de la pièce.

« Je m'excuse de vous interrompre, mademoiselle, dit-elle, mais Burrow va partir pour Rocky faire le marché. Désirez-vous qu'il rapporte quelque chose de particulier ?

— Oui, dit Letitia. De l'aspirine, s'il vous plaît.

— Entendu, mademoiselle. »

La domestique s'éclipsa tandis que Letitia se levait.

« Dites-moi, mes amis, allez-vous rester ici un moment ? Cela me ferait plaisir. Je me sens plus en sûreté quand vous êtes là.

— Comptez sur nous, dit Hannibal. A propos, où se trouve M. Wooley en ce moment ?

— Après l'incendie de son pavillon, expliqua la jeune fille, il est allé s'enfermer dans sa grange. Je suppose qu'il y est encore, en train de prendre quelque repos. Et moi aussi maintenant, je vais me reposer. »

Arrivée dans le hall, elle marqua une hésitation.

« Je crois, ajouta-t-elle, que je vais prier Mme Burrow de monter avec moi. Je dormirai mieux avec quelqu'un veillant sur mon sommeil.

— Vous avez raison », approuva le chef des Détectives.

Letitia se dirigea vers la cuisine. Hannibal et Peter entendirent peu après les exclamations cordiales de Mme Burrow. Puis Letitia et elle montèrent à l'étage.

Hannibal s'approcha d'une des fenêtres en façade. Il vit une grosse Buick noire s'éloigner vers Chaparral Canyon.

« Voilà Burrow qui part au marché ! dit-il. Il conduit lentement et avec prudence. »

Bob rejoignit ses camarades dans le hall.

« Mme Chumley s'est assoupie après avoir pris un cachet contre ses douleurs », expliqua-t-il. Puis, l'air songeur, il ajouta : « C'est bizarre. Juste avant que je roule son fauteuil dans sa chambre et que je l'aide à s'étendre sur son lit, elle m'a parlé de l'authentique Vermeer du musée. Elle a aussi mentionné les candélabres du palier en décrivant ce qui se passait au moment où la vieille horloge sonnait. »

Peter s'exclama :

« Elle t'a décrit... Mais... mais elle ne peut pas monter un escalier ! Comment saurait-elle ce qui se passe sur le palier du musée ?

— Il est probable que Gerald Malz le lui aura raconté, dit Hannibal avec indifférence. Il paraît toqué des particularités de ses candélabres. Et maintenant mes amis... (il fit une pause tandis que son regard s'allumait)... Mme Chumley dort. Letitia et Mme Burrow sont là-haut. Burrow est en ville. Nous avons le champ libre. Il nous est donc possible de faire ce dont je rêve depuis longtemps.

— Quoi donc, Babal? demanda Peter.

— Fouiller la maison, mon vieux!»

Chapitre 17

Pincés !

Sans plus attendre, les trois détectives passèrent à l'action. Le plus silencieusement possible, pour ne pas réveiller les dormeuses ou attirer l'attention de Mme Burrow ils explorèrent les lieux, ouvrant tiroirs et placards et inspectant les étagères.

La cuisine et les pièces lui faisant suite ne leur fournirent aucun indice sur l'identité de l'épouvantail. Rien dans l'office, dans le petit salon et les chambres des domestiques ! Les penderies contenaient ce qu'on pouvait s'attendre à y trouver. Nulle part il n'y avait trace d'un sac troué de deux triangles ou d'une veste doublée de paille.

« Je me demande pourquoi nous fouillons ces pièces, fit remarquer Bob. Nous savons bien que les Burrow sont innocents !

— Il ne faut rien négliger, répliqua le chef des Détectives. Sait-on jamais ! A présent, visitons le sous-sol ! »

Le sous-sol de l'immense villa se divisait en plusieurs caves. Il y avait là un chais plein de bonnes bouteilles, la salle de la chaudière, un garde-manger et un atelier. Après en avoir fait l'inspection, Hannibal entraîna ses camarades dans la partie située juste au-dessous de la chambre à coucher de Mme Chumley, là où une porte faisait communiquer le sous-sol avec l'extérieur. La porte en question s'ouvrait sur la pelouse et le sol de la cave, à cet endroit, était presque de plain-pied avec l'extérieur.

« Regardez! » dit soudain Hannibal dans un souffle. Du doigt il désignait des traces de roue sur le ciment. « L'épouvantail a poussé sa brouette à partir d'ici... une brouette à la roue cerclée de caoutchouc. Elle était chargée de terre plus ou moins boueuse, comme en témoignent ces salissures sur le mur.

— Mais d'où provenait cette terre? » murmura Bob.

Tournant le dos à la porte, les trois détectives entreprirent de suivre la trace de la brouette au sous-sol. Cette piste les conduisit jusqu'à un étroit couloir courant entre une réserve à provisions et une pièce munie d'une porte lourde et épaisse. Peter tourna un commutateur, et la pièce s'éclaira. Les garçons aperçurent alors des crochets suspendus au plafond.

« Cette salle devait servir jadis à la conservation de la viande, indiqua Bob. Une espèce de chambre froide en somme! Sans doute était-elle abondamment garnie autrefois, quand toute la famille Radford habitait ici. Ces gens-là avaient les moyens d'accumuler d'abondantes provisions... presque de quoi soutenir un siège. »

Hannibal acquiesça machinalement. En fait, il n'écoutait Bob que d'une oreille. Il arborait un air satisfait, comme s'il venait de découvrir ce qu'il espérait trouver. Du geste, il montra à ses compagnons l'extrémité du couloir :

« Regardez ! C'est d'ici que provient la terre de la brouette ! »

Peter et Bob ouvrirent de grands yeux. Au milieu des blocs de ciment formant le mur extérieur du sous-sol, s'ouvrait à présent un trou noir et béant.

« Un tunnel ! » s'exclama Peter.

Hannibal tira une lampe électrique de sa poche.

« Je l'ai trouvée dans un tiroir du buffet de la cuisine, expliqua-t-il. J'ai pensé que ça pourrait nous servir. »

Allumant la lampe, il en dirigea le faisceau lumineux sur le trou noir.

« Tu as raison, dit Bob. Quelqu'un a exécuté là un joli travail ! Regardez ces étais qui soutiennent le plafond !

— Exactement comme dans une galerie de mine, souligna Peter. C'est donc à ça que s'occupe notre épouvantail. Mais... mais... »

Il s'interrompit, l'air effaré. Hannibal devina sa pensée.

« Mais il semble absurde que quelqu'un se déguise en épouvantail pour s'introduire dans la maison d'autrui et y percer un tunnel ! C'est bien cela que tu veux dire ? En effet, s'il agissait ainsi, un étranger serait tôt ou tard fatalement découvert.

— Autrement dit, enchaîna Peter, c'est bel et bien quelqu'un de la maison qui tient le rôle du sinistre mannequin.

— A moins, corrigea Bob, que quelqu'un de la maison ne soit complice de l'épouvantail... Burrow et sa femme peut-être.

— Cette conclusion semble logique, approuva Hannibal. Nous pouvons aussi deviner où conduit ce passage souterrain. »

Bob considéra le mur dans lequel était percé le trou. Il se trouvait sur le côté de la maison faisant face à la route.

« Ce tunnel, dit-il, passe sous la route pour aboutir au musée Mosby, et — sa voix n'était plus qu'un souffle — nous pouvons en déduire que quelqu'un cherche à s'introduire dans le musée en question.

— Si nous vérifiions ? » proposa hardiment le chef des Détectives.

Et, sans attendre de réponse, il pénétra dans le tunnel, dos courbé et lampe électrique à la main. Peter et Bob le suivirent. Aucun des garçons ne parlait. La terre, molle sous leurs pas, rendait leur avance silencieuse. Au fur et à mesure qu'ils progressaient le long du boyau, l'air devenait plus confiné. Après un temps qui leur parut durer une éternité, Hannibal fit halte. Devant lui se dressait un rempart de béton. Il le tâta de la main. C'était un mur massif, apparemment encore intact.

« Les fondations du musée Mosby, expliqua

dans un souffle le chef des Détectives. Ce mur doit nous séparer du sous-sol... le seul endroit de la forteresse qui ne soit pas protégé. Il y a des signaux d'alarme partout ailleurs. »

Bob et Peter, de la tête, signifièrent qu'ils pensaient exactement comme Hannibal. Celui-ci passa sa lampe à Bob et les trois garçons, faisant demi-tour, revinrent sur leur pas à la queue leu leu.

En débouchant dans le sous-sol de la villa Radford, Peter s'écria :

« C'est vraiment incroyable ! Le creusement de ce tunnel a dû demander des mois et des mois de travail ! On comprend à présent pourquoi l'épouvantail s'ingéniait à terrifier Letitia. Il voulait l'éloigner d'ici. Il devait trembler qu'elle ne descende au sous-sol et découvre le pot aux roses... ou encore qu'en regardant, la nuit, par la fenêtre, elle ne s'aperçoive d'allées et venues suspectes. »

Bob éteignit la lampe. Hannibal déclara :

« Je comprends aussi pourquoi Burrow roulait si lentement tout à l'heure, en partant pour Rocky. La voiture était pleine à craquer de terre qu'il avait mission d'évacuer discrètement. »

Comme les trois amis passaient devant l'ancienne chambre froide, Peter renifla soudain.

« Ça sent le brûlé ! » dit-il.

Suivi des autres, il se précipita dans la pièce et tourna le commutateur électrique.

L'antique réfrigérateur apparut plein de

fumée. Dans un coin étaient entassés des vieux chiffons et, près d'eux, des pots de peinture dont on avait ôté le couvercle.

« Nom d'un chien! dit Peter. Quelqu'un a laissé ici des chiffons imbibés de peinture. Une combustion interne vient de s'amorcer. Une chance que nous nous en soyons aperçus ! »

Il traversa la salle en courant et dispersa les chiffons d'un coup de pied. Ils volèrent çà et là. Plusieurs d'entre eux s'enflammèrent.

« Gare ! » cria Bob.

Il sauta sur les chiffons qu'il se mit à piétiner. Hannibal l'aida à éteindre ce début d'incendie.

Soudain, derrière les trois détectives, éclata un rire étrange. Ils se retournèrent.

L'épouvantail était là, debout sur le seuil de la pièce, et les regardait. Son sourire peint semblait satanique à la lumière de l'unique ampoule du plafond. Durant un moment il resta immobile. Puis il fit un pas en arrière et repoussa la porte. Celle-ci se ferma avec un bruit sinistre.

« Non ! Non ! Attendez ! » cria Peter.

Bondissant sur la porte, il en mania le loquet et tira à lui.

Le battant ne bougea pas d'un pouce.

« Au secours ! cria encore Peter, pris de panique. Revenez !

— Economise ta salive, conseilla froidement Hannibal. Tu peux être certain qu'il ne nous laissera pas sortir. Pas maintenant. Peut-être même jamais ! »

Chapitre 18

Explosion

Bob examina de près le loquet de la porte.

« Voilà bien notre chance, soupira-t-il. Il est détraqué et ne commande plus l'ouverture du battant.

— J'ai idée que ce n'est pas le fait du hasard, estima Hannibal. Je crois plutôt que l'épouvantail l'a détraqué à dessein après avoir constaté que nous avions découvert le tunnel. Il a compris que nous en savions trop long. Après avoir faussé ce loquet, il nous a attirés ici grâce à la petite mise en scène des chiffons enflammés.

— Quel imbécile j'ai été de foncer tête baissée dans le piège ! soupira Peter. Mais je ne pouvais tout de même pas laisser la maison brûler !

— C'est bien sur cette réaction que comptait l'épouvantail, dit Hannibal. Et à présent que nous sommes enfermés ici, il est tranquille. Nous pouvons hurler et cogner à la porte, personne ne nous entendra. Cette salle est trop bien isolée du reste de la maison. »

Peter se laissa choir sur le sol.

« Tu crois vraiment, demanda-t-il d'un air découragé, que l'épouvantail va nous laisser mourir ici ? »

Hannibal répondit, avec plus d'assurance qu'il n'en éprouvait :

« Bah ! On se mettra à notre recherche. Nous avons laissé nos bicyclettes devant la maison, tout près de la voiture de Letitia. Elle ne pourra pas ne pas les voir !

— Mais aura-t-elle l'idée de descendre ici ? demanda Bob. Et puis, un sous-sol, c'est en général plein d'araignées. Et nous savons tous que Letitia a horreur de ces bestioles. »

Hannibal se rembrunit.

« C'est vrai, soupira-t-il. Elle ne descendra pas. Du reste, si elle remarque nos vélos, elle supposera que nous sommes avec Wooley. Et si Burrow et sa femme les aperçoivent avant elle... eh bien... il y a des chances pour qu'ils s'abstiennent de venir à notre secours. »

Les trois garçons se turent. Le silence était maintenant si dense qu'il semblait étouffer jusqu'à leurs pensées.

Hannibal fut le premier à se secouer.

« Tante Mathilda devinera que nous sommes ici. Elle enverra Hans ou Konrad nous chercher. A moins qu'elle ne signale notre disparition à Reynolds. Vous pouvez être sûrs que lui, du moins, soupçonnera que nous sommes à la villa Radford. Mais tout cela peut demander des heures... »

Hannibal ne jugea pas utile de poursuivre. Les trois détectives se posaient secrètement la même question : l'air de la chambre froide hermétiquement close demeurerait-il respirable jusqu'au moment où on les retrouverait?

Du temps passa. Les heures coulaient lentement. Les estomacs commencèrent à réclamer.

Soudain, les trois garçons ressentirent une assez forte secousse.

«Que se passe-t-il? demanda Peter en se redressant à demi.

— Peut-être un léger tremblement de terre, dit Bob.

— Allons, bon! soupira Peter en s'adossant au mur. Comme s'il ne suffisait pas d'être emprisonnés dans une pièce sans air! Voilà qu'à présent nous risquons d'être enterrés vivants par un séisme!»

De nouveau, le temps s'étira interminablement.

«J'espère me tromper, dit soudain Bob, mais vous n'avez pas l'impression que l'atmosphère s'alourdit étrangement tout d'un coup?

— Impossible! répondit Hannibal. Nous ne sommes ici que depuis...»

Il s'arrêta net et prêta l'oreille.

«Vous entendez?» demanda-t-il dans un souffle.

Peter et Bob écoutèrent.

«On dirait que quelqu'un frappe sur quelque chose!» dit Peter. Et, se levant, il courut à la porte en criant : «Hé! Par ici! Par ici! C'est là que nous sommes!»

Tout en parlant, il martelait la porte du poing. Hannibal retira son soulier et, à son tour, frappa le battant à coups redoublés. Puis les trois amis hurlèrent en chœur.

« Par ici ! Par ici ! »

Enfin, la lourde porte tourna sur ses gonds. Les garçons virent alors un homme de haute taille, aux cheveux blancs, se dresser devant eux. Sa peau était tannée par les intempéries. Des rides profondes couraient de son nez à sa bouche. Letitia Radford s'accrochait à son bras.

« Dieu soit loué ! dit l'homme. Je savais bien que vous deviez être quelque part de ce côté. Je vous avais vus arriver... mais pas ressortir ! »

Hannibal s'empressa de franchir le seuil de la chambre froide. Il murmura avec un sourire :

« C'est une chance qu'un mystérieux inconnu ait surveillé cette maison.

— Un mystérieux inconnu ? répéta Letitia. Certainement pas. Je vous présente Ben Agnier. Autrefois, c'est lui qui était chargé de récurer notre piscine... Mais, dites-moi, j'aimerais bien qu'on m'explique ce qui se passe ici... Où sont Burrow et sa femme ? Quand je me suis réveillée tout à l'heure, tout le monde était parti !

— Si les deux Burrow ont filé, déclara Hannibal, c'est qu'ils ont terminé ce qu'ils avaient à faire ! »

Et, d'un geste significatif, il montrait le tunnel qui s'ouvrait au fond du couloir. Agnier regarda dans la direction indiquée.

« Voilà donc ce qu'ils trafiquaient ! grommela-t-il. Un tunnel !

— Qui conduit au musée Mosby », expliqua Hannibal.

Sur quoi, empoignant la lampe électrique, il se dirigea vers le trou d'ombre. Les autres lui emboîtèrent le pas, à l'exception de Letitia.

« Attendez ! cria-t-elle. Ne me laissez pas !

— Venez, alors ! » dit Ben Agnier.

La jeune fille se mit à trotter derrière Bob qui fermait la marche. En procession silencieuse, tous s'engagèrent dans le tunnel. Arrivés au fond, ils se trouvèrent devant une large ouverture pratiquée dans le mur de béton. Maintenant, on pouvait passer du souterrain dans le sous-sol du musée. Une odeur âcre flottait dans l'air.

« Dynamite, je suppose, dit Agnier d'un air sombre.

— Bien sûr, c'était ça ! s'exclama Hannibal. Il y a quelques instants, nous avons éprouvé les effets de l'explosion, Le mur a dû sauter vers cinq heures, après le départ des gardiens. »

Agnier fut le premier à franchir la brèche. Ensuite, grâce à la lampe d'Hannibal, il trouva un commutateur et donna la lumière. Le sous-sol du musée, encombré d'un tas de caisses, comportait une chaufferie et aussi une pièce, dotée d'appareils spéciaux destinés à faire régner une température constante dans la vaste bâtisse.

Après une rapide inspection des lieux, Agnier et les détectives montèrent au rez-de-chaussée. Pâle et silencieuse, Letitia leur collait littéralement aux talons.

« Monsieur Malz ! » appela Hannibal quand la petite troupe déboucha dans le hall.

Personne ne répondit.

« Peut-être n'était-il pas là quand l'explosion s'est produite ! » suggéra Peter.

Le rez-de-chaussée fut alors exploré. Tout y semblait parfaitement en ordre. De nouveau, on appela le conservateur à tous les échos. Le musée resta silencieux.

Gerald Malz s'y trouvait-il encore ? L'avait-on emprisonné quelque part, à l'exemple des trois détectives, pour l'abandonner ensuite ?

« Monsieur Malz ! » cria de nouveau Hannibal.

Puis le petit groupe grimpa l'escalier. Hélas ! Là-haut, les différentes salles du musées avaient été presque entièrement vidées de leur contenu. Le Vermeer tant vanté par Gerald Malz avait disparu, de même que toutes les autres précieuses toiles de maîtres.

« C'est une fortune inestimable que ces misérables ont volée ! » déclara Bob en serrant ses poings de rage.

Letitia Radford n'arrivait pas à détacher ses regards des murs dénudés.

« La collection entière s'est envolée ! soupira-t-elle. Les voleurs seraient Burrow et sa femme ? Le maître d'hôtel et la cuisinière ? Ils auraient creusé ce tunnel et... Ainsi, c'était donc Burrow l'épouvantail ?... »

Elle fut interrompue par un coup sourd frappé au-dessus de sa tête.

« Ah, ah ! » fit Hannibal.

Et il monta quatre à quatre au troisième étage où Gerald Malz avait tout à la fois son atelier et son appartement privé. Les coups s'entendaient plus distinctement au fur et à mesure qu'il grimpait. Guidé par le bruit. le chef des Détectives, suivi de Bob et de Peter, courut droit au placard d'une chambre à coucher située à gauche du palier.

Gerald Malz était là, ligoté avec des fils d'étendage et bâillonné avec une serviette.

Hannibal s'agenouilla près de lui.

« Tenez bon, monsieur Malz! Nous allons vous libérer en un clin d'œil! »

Chapitre 19

Le récit de Ben

« Si vous vouliez bien m'expliquer ce qui s'est passé au juste ? »

Mme Chumley, assise très droite dans son fauteuil, les mains crispées sur la couverture enveloppant ses genoux, dévisageait, avec des yeux brillants de curiosité, le petit groupe, debout près d'elle.

Ben Agnier, Letitia, Gerald Malz et les détectives s'installèrent sur les sièges qu'elle leur désignait.

« Je m'inquiétais beaucoup à votre sujet... » commença le grand Ben.

On entendait la police circuler au sous-sol où une équipe de spécialistes prenait des photos et récoltait des indices tels qu'empreintes digitales et moulages de pas. D'autres policiers enquêtaient de leur côté au musée Mosby.

Mme Chumley coupa la parole à Ben.

« Où est passé Burrow ? demanda-t-elle. Et

Mme Burrow?... Letitia! c'est l'heure du dîner. Et nous n'avons même pas eu notre thé!

— Je vais mettre la bouilloire sur le feu», répondit laconiquement la jeune fille.

En fait, elle ne bougea pas. Assise dans un petit fauteuil près de Ben Agnier, elle le contemplait avec un mélange de curiosité et d'admiration.

«Vous avez surveillé la villa, n'est-ce pas? demanda-t-elle. Cela fait honneur à votre intelligence et à votre esprit d'initiative.»

Sous les cheveux blancs, le visage de l'homme s'empourpra.

«Ce n'est pas que je sois tellement malin mais... encore une fois, je me tracassais pour Mme Chumley.

— C'est très gentil de votre part, Ben, dit la vieille dame. Mais pourquoi vous tourmenter à mon sujet?

— Eh bien... je n'aimais pas beaucoup Burrow, expliqua Ben. Du jour où il a mis les pieds ici, tout a changé.

— Comment ça, changé? répliqua Mme Chumley. A mon avis, tout a beaucoup mieux marché. Je ne cessais de me féliciter d'avoir enfin à mon service des gens compétents et efficaces. Vous ne sauriez imaginer, ma petite Letitia, le nombre de couples que j'ai essayés depuis la disparition de votre mère. Aucun ne m'a jamais donné satisfaction... jusqu'à l'arrivée de Burrow et de sa femme.»

Gerald Malz s'écria d'une voix sèche :

« Vos précieux domestiques n'étaient qu'une paire de voleurs ! »

Mme Chumley poussa les hauts cris :

« Vous êtes bien sûr ? Ainsi, ils auraient creusé ce tunnel tout le temps qu'ils étaient ici ? Je me demande comment ils auraient pu s'y prendre ! Quelle histoire fantastique !

— Ils travaillaient la nuit, pendant que vous dormiez, dit Hannibal.

— Cette seule pensée me rend malade, assura l'invalide. Mais quand dormaient-ils eux-mêmes ? Voulez-vous me le dire ?

— Ils ne creusaient pas systématiquement de nuit, expliqua Ben. Parfois, ils travaillaient de jour. C'est même pour ça qu'ils m'ont donné congé.

— Je ne comprends pas, marmonna Mme Chumley. Burrow m'avait déclaré que vous étiez parti de vous-même. Nous avons alors engagé un jeune étudiant.

— Burrow m'a mis à la porte, insista Ben. Je l'avais surpris un matin, alors qu'il remontait du sous-sol avec des vêtements souillés de terre et poussant une brouette pleine de gravats. Avouez qu'il est plutôt anormal de rencontrer un digne maître d'hôtel occupé à des travaux de terrassement. Je lui ai donc demandé ce qui se passait. Il m'a répondu qu'un des murs de la cave s'était partiellement effondré et qu'il déblayait le coin. Je ne l'ai pas cru. Je connais le sous-sol de la villa et je sais bien que les murs sont solides. J'ai eu le malheur de lui laisser deviner mes doutes. Il m'a congédié sur-le-champ.

— Tout de même! s'exclama Mme Chumley. Si quelqu'un avait le droit de vous congédier, c'était moi, pas Burrow!

— C'est exactement ce que j'ai pensé, déclara Ben. Je suis donc allé sonner à la porte d'entrée pour vous mettre au courant. Mais c'est Mme Burrow qui m'a ouvert. Elle m'a dit que vous dormiez et ne vouliez pas être dérangée. Par la suite, chaque fois que j'ai tenté d'entrer en contact avec vous, je me suis heurté à cette femme. J'ai alors téléphoné, mais c'était toujours Burrow que j'obtenais au bout du fil. En désespoir de cause, je vous ai écrit, et même, à plusieurs reprises. J'imagine que vous n'avez jamais reçu mes lettres?

— Non, en effet!» Et l'infirme hochait la tête d'un air désolé. «Mon Dieu! Dire que j'étais pratiquement prisonnière de ces gens-là et que j'étais à cent lieues de m'en douter! Ils auraient pu me tuer!

— Je n'ai jamais imaginé qu'ils iraient jusque-là, avoua Ben Agnier, mais je m'inquiétais malgré tout. J'ai donc décidé de surveiller la villa depuis une vieille maison abandonnée de Rock Rim Drive. Je m'y arrêtais chaque jour et n'en partais qu'après vous avoir aperçue sur la terrasse. Je me disais que, aussi longtemps que je vous verrais, menant votre existence habituelle, il n'y avait rien à craindre.»

Il fit une pause avant de continuer :

«Et puis, un beau jour, ce savant à tête

chauve est venu ici et a semé ce champ de blé. A peu près à la même époque, le vieux Jason Creel, qui avait été jardinier des Radford pendant plus de vingt ans, s'est vu congédier à son tour.

— C'est moi qui l'ai remercié, avoua Mme Chumley. Le pauvre homme était devenu terriblement négligent. Et je savais qu'il n'avait plus besoin de travailler pour vivre.

— C'est exact, reconnut Agnier. Il ne continuait à venir ici que par loyauté vis-à-vis de son employeur. Lui non plus n'aimait pas Burrow... Puis ce fut au tour de Mlle Letitia d'arriver à la villa. Chaque jour, je pouvais la voir sur la terrasse. L'idée m'est venue qu'elle-même et vous étiez affreusement isolées. Personne ne venait jamais vous voir, à l'exception de M. Malz et du savant qui étudie les insectes.

— Vous parlez de moi?» demanda Charles Wooley.

Il venait de surgir sur le seuil et déclara :

«Les policiers m'ont questionné à domicile. Je leur ai expliqué où j'avais passé ma journée et ils m'ont autorisé à venir vous rejoindre en attendant qu'ils aient fini. Je suppose qu'ils préféraient ne pas m'avoir dans les jambes.»

Il eut un geste aimable en direction de Ben.

«Mais je vous en prie! Que je ne vous interrompe pas!»

Letitia se tourna vers le vieil homme.

«Si vous vous tourmentiez si fort à notre sujet, dit-elle, pourquoi n'êtes-vous pas venu nous parler quand nous étions sur la terrasse?»

Ben rougit.

« Je l'ai essayé un jour, mais je me suis presque heurté à ces trois garçons. » Son air confus s'accentua tandis qu'il s'adressait aux détectives. « J'avoue humblement que vous m'avez causé une sacrée peur quand vous m'avez poursuivi !

— Parlez-nous plutôt de l'épouvantail ! coupa Letitia avec un brin d'impatience. Qu'avez-vous pensé en l'apercevant ?

— Le seul épouvantail que j'aie jamais aperçu est celui qui est cloué sur la barrière », déclara Ben.

Il soupira, hocha la tête et reprit :

« Savez-vous que j'ai été bien content, jeunes gens, quand vous vous êtes mis à hanter la colline ? Grâce à vous, Mlle Letitia et Mme Chumley avaient enfin un contact avec le monde extérieur. Cela me rassurait. Mais aujourd'hui, quand, après vous avoir vus arriver de bonne heure, j'ai constaté que vous ne reparaissiez plus, j'ai recommencé à me faire du souci. Soudain, j'ai aperçu Burrow qui prenait vos bicyclettes pour aller les enfermer dans le garage. Ni Mlle Letitia ni Mme Chumley ne s'étaient montrées sur la terrasse. Plus inquiet que jamais, j'ai continué à faire le guet. C'est ainsi que j'ai vu Burrow s'en aller pour revenir bientôt avec une remorque de louage. Je me suis demandé en quoi une remorque pouvait être utile à un maître d'hôtel !

« Je n'ai donc pas relâché ma surveillance, au contraire ! Et ma patience a enfin été récompensée puisque j'ai vu, au bout de deux heures, Burrow et sa femme partir en voiture. Le véhicule était plein à craquer et sa remorque bourrée à n'y pas croire. La seule chose que je n'ai pu voir c'est en quoi consistait le chargement...

— C'étaient des toiles de maîtres, expliqua Malz. Il y en avait pour des millions et des millions de dollars!

— Ce départ me semblait plus que louche, dit Ben. Je suis donc monté jusqu'à la villa. Les portes étaient fermées mais j'ai réussi à forcer l'une des fenêtres donnant sur la terrasse et je suis entré.

— Et vous m'avez réveillée, coupa Letitia.

— J'ai même dû vous secouer. On vous avait certainement légèrement droguée, ajouta Ben. Nous avons ensuite réveillé Mme Chumley, qui semblait engourdie elle aussi.

— Et puis, tout de suite, enchaîna Letitia, nous sommes partis à la recherche des garçons. Comme nous ne les trouvions nulle part dans la maison, Ben a pensé au sous-sol. En effet, ils étaient enfermés dans l'ancienne chambre froide.

— Et, grâce au ciel, vous nous avez délivrés à temps!» enchaîna Hannibal d'un ton empreint de reconnaissance.

Tout en parlant, il se leva et alla se placer sous la copie du Vermeer. Tout autour apparaissait une bande de tapisserie étonnamment peu défraîchie.

«En fait, déclara-t-il, nous avons en quelque

sorte obligé les Burrow à déguerpir précipitamment. Du moment que nous avions fouillé le sous-sol et découvert le tunnel, ils étaient obligés de nous neutraliser et de prendre la poudre d'escampette.»

Un coup sec fut frappé à la porte. Le shérif Reynolds fit son apparition.

«Mes hommes n'en ont plus pour longtemps en bas, annonça-t-il. Les journalistes vont arriver d'une minute à l'autre. Si vous ne souhaitez pas leur parler, je peux très bien leur faire moi-même une déclaration.

— Oh, oui! Cela nous conviendrait tout à fait! soupira Mme Chumley. Et vous, Letitia, ma chère enfant, vous seriez bien gentille si vous mettiez cette bouilloire sur le feu. J'ai vraiment besoin d'une tasse de thé.

— Je m'en charge!» déclara Hannibal.

Il alla à la porte, fit une pause sur le seuil, puis sortit. Peter et Bob échangèrent un regard d'intelligence. Durant sa courte pause, leur chef avait tiré sur sa lèvre inférieure, d'un air pensif. Cela signifiait qu'un nouveau problème le tracassait... et aussi qu'il avait une nouvelle idée en tête.

Peter haussa imperceptiblement les épaules, Bob soupira. Tous deux savaient qu'Hannibal ne leur dirait rien avant d'être tout à fait sûr de ce qu'il allait faire.

Chapitre 20

Découvertes

Hannibal, assis dans la cuisine, attendait que l'eau du thé se mît à bouillir. Sur la table, devant lui, à côté d'un appareil téléphonique, s'étalait un journal, ouvert à la page des mots croisés. Machinalement Hannibal souleva le quotidien, découvrant ainsi un bloc sans doute destiné à noter des messages ou des listes de commissions.

Quelqu'un avait griffonné sur la première feuille. Il y avait là une série de cœurs percés d'une flèche, un ou deux gribouillis illisibles et, plusieurs fois répété, le mot « Vermeer ». Il y avait aussi un numéro de téléphone.

« Ha, ha ! » fit Hannibal.

Sans hésiter, il décrocha l'appareil et composa le numéro qu'il avait sous les yeux. A l'autre bout du fil, quelqu'un répondit :

« Ici, location de remorques Harris ! Tout à votre service !

— Le service, vous me l'avez déjà rendu, rétorqua Hannibal. Mille fois merci ! »

Là-dessus, il raccrocha puis, sourcils froncés, considéra une note qui occupait le coin de la feuille.

« Toison d'or, lut-il à mi-voix. Pavillon panaméen. »

L'eau de la bouilloire commença à chanter. Hannibal ne lui prêta aucune attention. Sourire aux lèvres, il feuilletait le journal.

« Et alors, mon vieux ! fit la voix de Bob. Tu n'entends pas la bouilloire siffler ? Tu es sourd ou quoi ? »

Hannibal ne répondant pas, Bob alla éteindre le feu sous la bouilloire. Peter surgit à son tour.

« Babal ! appela-t-il. Qu'est-ce qui se passe ?

— Ça y est ! s'écria brusquement Hannibal. Chef Reynolds ! Chef ! »

Il avait bondi de son siège et se ruait vers la porte... Ce fut tout juste s'il ne heurta pas de plein fouet le shérif qui, justement, se préparait à entrer.

« Eh bien ! eh bien ! Que se passe-t-il ?

— Regardez ! » Hannibal était dans un tel état de surexcitation que ses mains tremblaient. « Regardez ! Cette note sur le bloc ! La Toison d'or ! Vous voyez... Et là, dans le journal, à la page de la chronique maritime... le départ des bateaux ! La *Toison d'or*, battant pavillon panaméen, doit quitter San Pedro aujourd'hui même à vingt-heures quinze. Chef ! Cela ne vous laisse guère de temps ! »

Le chef de la police regarda le bloc.

« Où l'avez-vous trouvé ? demanda-t-il.

— Juste à côté du téléphone. Et le numéro marqué sur cette feuille est celui de l'agence Harris, qui loue des remorques. Vous comprenez, celui — ou celle — qui s'est assis à cette table pour téléphoner à l'agence, a également noté que la *Toison d'or* naviguait sous le pavillon de complaisance de Panama. Beaucoup de navires font ça. Les Burrow ont dû tirer des plans à la dernière minute pour filer et, en même temps, faire sortir les toiles précieuses de ce pays. Ils vont donc s'embarquer à bord de la *Toison d'or* et aller... là où ce bateau se rend !

— Tout est clair, en effet ! s'exclama Reynolds.

— Il faut de toute urgence empêcher le bateau d'appareiller ! » s'écria encore Hannibal.

Le shérif décrocha le téléphone et demanda à être mis en liaison avec les autorités de San Pedro dont il se fit connaître. Il expliqua que le départ de la *Toison d'or* devait être différé.

« Je serai au port dans une demi-heure environ, précisa-t-il. Mais d'ici là, surtout, que le bateau reste bien à quai. »

Il raccrocha à la seconde même où Gerald Malz entrait à son tour dans la cuisine.

« Mme Chumley m'envoie pour voir ce qui se passe, expliqua-t-il. Ma parole ! Je n'ai jamais rencontré de femme aussi pressée de boire son thé !

— Hannibal le lui servira dans une minute, dit Reynolds. En attendant, j'ai besoin de vous, Malz !

— Besoin de moi? répéta le conservateur du musée d'un ton surpris.

— Oui. Je désire que vous m'accompagniez à San Pedro. Hannibal croit que nos voleurs ont embarqué sur la *Toison d'or.* J'ai demandé que ce bateau ne soit pas autorisé à appareiller avant mon arrivée là-bas. Vous me serez utile pour identifier les toiles dérobées à la galerie Mosby... en admettant qu'elles soient bien à bord.

— Ça alors! murmura Malz.

— Est-ce que nous ne pouvons pas vous suivre? demanda vivement Peter. Ou du moins Hannibal? Après tout, c'est lui qui a retrouvé la piste des voleurs!

— Et c'est lui que je préviendrai le premier quand j'aurai remis la main sur les tableaux de maîtres! répondit Reynolds. Allons, monsieur Malz! Dépêchons-nous!»

Il prit Malz par le bras et l'entraîna hors de la cuisine.

«Flûte, alors! s'écria Peter, indigné. Ce n'est pas chic!»

Hannibal, lui, ne dit rien. Il se contenta de rallumer le gaz sous la bouilloire et, quand l'eau bouillit, il prépara le thé. Bob dénicha des tasses et des soucoupes dans un placard. Peter trouva de petits gâteaux dans l'office et, dans le réfrigérateur, un plein plateau de sandwiches. Bientôt, les trois garçons allèrent retrouver Mme Chumley, poussant devant eux une table roulante abondamment garnie.

«Ah! Voilà qui fait plaisir à voir! s'exclama la

gouvernante. Je mourais littéralement de faim. Et vous, Letitia? Vous n'avez presque rien mangé de la journée.

— J'ai l'appétit coupé, avoua Letitia.

— Pas moi, déclara Mme Chumley. Et je vais faire honneur à ces petits gâteaux. Servez-vous donc, monsieur Wooley. Et vous aussi, Ben! Quant à vous, les garçons, je suppose que vous ne vous ferez pas prier... Mais où est passé Gerald Malz? Ne veut-il pas prendre le thé avec nous?

— Il vient de partir pour San Pedro avec le chef de la police, annonça Hannibal. Tous deux espèrent rattraper le ménage Burrow avant qu'il ne file à bord de la *Toison d'or.* »

Mme Chumley, qui était en train de remplir une tasse de thé, s'arrêta net et reposa la théière sur la table. On eût dit que, subitement, elle n'avait plus la force de la soulever.

« En l'absence du shérif, continua tranquillement Hannibal, peut-être pourrions-nous avoir une petite conversation avec vous, madame Chumley. Vous pourriez, entre autres, nous apprendre comment vous et les Burrow vous êtes mis d'accord pour partager le butin! »

Chapitre 21

Dénouement inattendu

Letitia Radford, languissamment allongée sur un divan, vis-à-vis de Mme Chumley, se redressa brusquement.

« Quoi ! s'écria-t-elle. Ai-je bien entendu ? Cela vous ennuierait-il de répéter ?

— J'ai dit que je désirais savoir comment votre gouvernante et les Burrow se sont arrangés pour partager ce qu'ils ont volé de compagnie ! »

Le visage du chef des Détectives était soudain devenu grave. Sa voix ne manquait pas de solennité. Peter et Bob semblaient comme pétrifiés sur les sièges qu'ils occupaient, près de la fenêtre. Le crépuscule tombait lentement, estompant le contour des objets dans la pièce, mais personne ne songeait à donner la lumière.

« C'est vous qui avez eu l'idée de ce vol magistral, reprit le chef des Détectives en s'adressant directement à Mme Chumley. Sans vous, il n'aurait jamais eu lieu, n'est-ce pas?»

La vieille dame s'agita dans son fauteuil roulant.

«Jeune homme, dit-elle d'un ton sec, vous êtes bien impertinent. Quand le shérif Reynolds sera de retour, je lui rapporterai vos propos. Il veillera à ce que vous ne remettiez jamais les pieds dans cette maison.

— Je crois qu'il écoutera plutôt Burrow et sa femme qui, une fois arrêtés, ne manqueront pas d'entrer dans la voie des aveux et de vous dénoncer!

— Mais c'est ridicule! s'écria Letitia Radford en se levant d'un bond. Pourquoi Mme Chumley aurait-elle volé? Elle a tout ce qu'elle peut désirer! Dès qu'elle souhaite quelque chose, mon frère s'ingénie à le lui procurer. Nous sommes en quelque sorte sa famille. Elle est ici chez elle.

— Je crois que vous devriez surveiller vos paroles, Hannibal!» dit à son tour Charles Wooley.

Jusque-là, l'entomologiste était resté tranquillement assis dans un coin reculé de la pièce. Il se leva pour allumer la lampe la plus proche de lui.

«Avant d'accuser quelqu'un, ajouta-t-il, vous feriez bien d'avoir une solide preuve à l'appui.

— Je pense en avoir une, déclara le chef des Détectives. Et même plusieurs.»

Il fit face à la femme dans son fauteuil.

«Comment, demanda-t-il, auriez-vous pu

vivre plus de six mois avec des gens qui creusaient un tunnel, sans vous apercevoir de rien? Vous les auriez forcément entendus, ou vus un jour ou l'autre! La terre provenant du creusement du tunnel était évacuée par une porte qui ouvre juste sous vos fenêtres.

— Je dors toujours d'un profond sommeil.

— C'est inexact. La nuit dernière, entre autres, vous avez retenu Mlle Radford à votre chevet parce que vous ne pouviez pas dormir. A moins que vous n'ayez prétendu ne pouvoir dormir? Peut-être désiriez-vous seulement garder Mlle Radford près de vous... Et puis, vous avez parlé à Bob, ce matin même, des candélabres du musée, racontant qu'ils vibraient au rythme de la grande horloge. Or, M. Malz nous a précisé que ces candélabres étaient d'acquisition récente. Si vous ne pouvez vraiment pas monter un escalier, comment êtes-vous renseignée sur leur particularité?»

Mme Chumley parut surprise.

«Eh bien... ma foi... je suppose que Gerry m'en aura parlé! répliqua-t-elle.

— Je pourrais accepter cette réponse s'il n'y avait pas les photos, dit Hannibal.

— Les photos? répéta-t-elle.

— Hier soir, j'ai entrepris de faire des rondes autour de la villa, dans l'espoir de pincer l'épouvantail. Vous n'aviez pas tiré vos rideaux et je vous ai vue distinctement, en train de jouer aux échecs avec M. Malz. Après son départ, vous êtes passée dans votre chambre...

— Possible! Qu'y a-t-il de mal à ça?

— Vous avez ouvert un placard. D'où j'étais, je pouvais apercevoir les cartons et les boîtes entassés sur l'étagère du haut.

— Et alors?

— Alors, vous avez fermé vos rideaux et j'ai cessé de vous voir. Et puis, quelques instants plus tard, vous êtes entrée dans la salle de séjour avec, sur vos genoux, une boîte pleine de photos. Hier soir, je n'ai pas eu le temps de méditer sur la chose parce que, presque immédiatement, j'ai aperçu l'épouvantail et je l'ai pris en filature. Mais aujourd'hui, pendant que nous étions emprisonnés dans la chambre froide, j'ai eu tout le loisir de méditer. Voici donc la question que je vous pose... Madame Chumley, comment avez-vous fait pour attraper cette boîte et pour la descendre de son étagère?»

La gouvernante plissa le front, comme si elle cherchait à rassembler ses souvenirs.

«Il me semble avoir utilisé ma canne, dit-elle enfin. Je la tiens en réserve dans un coin du placard. Chaque fois que j'ai besoin d'un objet placé sur l'étagère supérieure, je le fais tomber avec cette canne et je l'attrape au vol.

— Vous n'auriez pas pu rattraper au vol cette boîte de photos, fit remarquer Hannibal. Les photos pèsent lourd. Elles vous auraient blessée au passage. Et elles se seraient répandues à terre. Non, madame Chumley, vous avez quitté votre fauteuil et vous avez attrapé cette boîte pesante aussi facilement que je l'aurais fait moi-même.

— Ridicule! grommela la gouvernante. Je

suis bien incapable de me tenir debout. Mes jambes ne me supportent plus depuis mon accident. Tout le monde est au courant.

— Vous saviez à quel point Mlle Radford a peur des épouvantails et des insectes, continua inexorablement le chef des Détectives. C'est vous qui avez inventé l'épouvantail!

— Non! Non! cria Letitia. C'est impossible.

— Pas impossible du tout, affirma Hannibal. C'est au contraire très logique. Je vais même plus loin! Une fois au moins, madame Chumley, c'est vous qui avez tenu le rôle de l'épouvantail! C'est vous qui nous avez enfermés dans l'ancienne chambre froide!

— Vous n'êtes qu'un impudent gamin! s'écria la gouvernante. Et je ne vais pas rester là à écouter vos divagations. Je préfère aller me coucher!

— Un instant! coupa Hannibal. Je n'ai pas...

— En voilà assez, Hannibal! coupa à son tour Wooley avec sévérité. Rien de ce que vous avez avancé jusqu'ici n'est probant. Vous n'avez aucune raison valable pour accuser Mme Chumley.

— Oh, que si! fit Hannibal. Et j'ai même gardé cette bonne raison pour la fin! Désirez-vous que je poursuive, madame Chumley?

— Je désire que vous alliez au diable!» jeta la gouvernante avec force.

Là-dessus, elle fit pivoter son fauteuil roulant et se propulsa vers sa chambre.

«Attendez! dit Letitia. Je vais vous aider!»

Mme Chumley se retourna pour regarder la

jeune fille. Le visage de Letitia reflétait une certaine pitié mais, aussi, le doute qui l'agitait.

« Ne vous inquiétez pas de moi, dit l'invalide. Je me débrouillerai toute seule !

— Vous savez bien que vous ne le pouvez pas ! » protesta Letitia.

Mais Mme Chumley avait déjà quitté la pièce. La porte de sa chambre se referma sur elle.

« Pourrait-elle être coupable de ce dont vous l'accusez ? demanda la jeune fille en se tournant vers Hannibal. Oh, non ! Ce n'est pas possible... »

Elle s'arrêta net. Un cri terrible venait de s'échapper de la chambre de la gouvernante. Peter se leva d'un bond. Hannibal en fit autant. Mais avant qu'aucun des deux garçons ait pu atteindre la porte, celle-ci s'ouvrit toute grande.

« Espèce de jeune brute ! hurla Mme Chumley, les yeux rivés sur Hannibal. Je suppose que c'est vous qui avez fait ça ! »

Debout sur le seuil, elle haletait de rage. La colère empourprait ses joues. Elle tenait un oreiller à la main.

Avant qu'Hannibal ait pu songer à éviter le choc, il reçut l'objet en plein visage et faillit perdre l'équilibre. Profitant de la diversion, Mme Chumley traversa le salon en courant. La porte claqua derrière elle. Puis on entendit celle de l'extérieur s'ouvrir et se refermer aussi violemment.

« Elle peut marcher ! s'écria Ben. Elle n'est pas plus infirme que moi ! »

Le petit groupe perçut le bruit d'une voiture qui démarrait.

« Oh, là, là! gémit Letitia Radford. J'avais laissé les clés de contact sur le volant. Dire que Mme Chumley me reprochait sans cesse cette mauvaise habitude! Elle disait que, tôt ou tard, quelqu'un me volerait ma voiture...

— Eh bien, voilà qui est fait!» conclut Charles Wooley avec une grimace.

Cependant, Peter avait franchi le seuil de la chambre de la gouvernante. Il jeta un cri horrifié et battit vivement en retraite.

« Monsieur Wooley! appela-t-il. Venez voir!»

L'entomologiste accourut. Les autres suivirent pour regarder par-dessus son épaule.

Grouillant sur le sol, des milliers et des milliers de fourmis avaient envahi la pièce. Leur flot continu coulait par la fenêtre ouverte. En rangs serrés, les insectes se dirigeaient droit vers le lit.

Le visage de Charles Wooley s'éclaira.

« Une autre colonie! s'écria-t-il. Pas étonnant que cette femme ait pris la poudre d'escampette. Un pareil bataillon a de quoi faire frémir!»

N'empêche qu'il avait l'air tout joyeux...

Chapitre 22

Ultime surprise

Il n'était pas loin de minuit lorsque le shérif et Gerald Malz revinrent à la villa, porteurs d'une bonne nouvelle : Burrow et sa femme étaient sous les verrous!

« Toutes les toiles ont-elles été récupérées? demanda Hannibal.

— Oui, oui, répondit Malz. Elles resteront à San Pedro, sous bonne garde, pour cette nuit. Mais demain, elles reprendront leur place au musée. »

Il bâilla. Sa fatigue était visible.

« Où est Mme Chumley? s'enquit-il soudain. Est-elle allée se coucher? »

Letitia Radford et Charles Wooley lui racontèrent alors les événements de la soirée : les accusations d'Hannibal, la fuite de la gouvernante et l'invasion des fourmis que l'entomologiste avait repoussée à grand renfort de bombe insecticide.

« Mlle Radford, expliqua Hannibal, a téléphoné à la police pour signaler le vol de sa voiture et donner son numéro minéralogique. Mme Chumley ne pourra pas aller bien loin. »

Le conservateur du musée semblait stupéfait.

« Ainsi, dit-il, cette femme n'est pas infirme ?

— Elle court comme un lapin, assura Peter.

— Mais pourquoi a-t-elle joué une pareille comédie ? Elle a passé des années et des années dans son fauteuil roulant ! »

Et, se tournant vers Letitia :

« Avait-elle besoin d'argent ?

— Certainement pas, répondit la jeune fille. Ma mère s'est montrée très généreuse à son égard. Dans son testament, elle a pensé à tout le monde... et tout particulièrement à Mme Chumley. Dire que celle-ci a tenu le rôle de l'épouvantail ! N'est-ce pas terrible ? Nous avons trouvé le déguisement dans sa penderie ! »

Pour une fois, Letitia ne criait ni ne gémissait. En elle, la peur avait cédé la place à la colère.

« Cette femme a fait preuve de cruauté ! Me faire ça, à moi, alors que je la considérais comme une seconde mère !

— Vous auriez pu voir clair dans son jeu et la démasquer, fit remarquer Hannibal. Nous ne connaîtrons les dessous de l'histoire que quand on l'aura arrêtée et qu'elle aura passé aux aveux. Cependant, dès maintenant, nous pouvons deviner l'essentiel !... »

Confortablement installé sur son siège, Hannibal commença à parler d'une voix lente, soulignant les détails au passage.

« A la mort de Mme Radford, Mme Chumley a dû avoir peur. Il n'y avait plus aucune nécessité de conserver la villa. Or, précisément, la gouvernante considérait cette demeure comme la sienne... Elle redoutait d'avoir à la quitter pour aller vivre dans un petit appartement de Los Angeles. Là-bas, elle se sentirait seule car elle n'avait pour ainsi dire pas d'amis personnels. Et puis, son existence ne serait pas, et de loin, aussi confortable... Là-dessus, elle a un accident et se fracture le bassin. C'est alors qu'elle a dû se mettre à réfléchir. Nous avons tous entendu parler de gens qui, victimes d'un accident de la route peu important, n'en clament pas moins qu'il leur a laissé de graves séquelles. Si Mme Chumley persistait à dire que ses jambes se refusaient à la porter, qui pourrait prouver le contraire ? »

Letitia Radford coupa d'un ton lourd d'amertume :

« Elle a donc menti à mon frère afin qu'il garde la maison ouverte, juste pour elle ! Et comme ni Chester ni moi n'habitions ici à demeure, elle était tout à fait maîtresse des lieux. Et servie par de dévoués domestiques, encore ! Chaque fois que je séjournais à la villa, comme cela devait lui déplaire !

— Oh, dit Hannibal, je pense qu'elle s'en est très bien accommodée... jusqu'au jour où les Burrow ont commencé à creuser leur tunnel. Cette besogne, dans le sous-sol de la villa, devenait dangereuse quand vous étiez ici. C'est pour cela que le trio cherchait à vous effrayer par l'intermédiaire de l'épouvantail et des insectes. Tous trois avaient la chance d'être de la même taille. Cela leur permettait d'endosser à tour de rôle la défroque de l'épouvantail. De la sorte, tantôt l'un, tantôt l'autre, bénéficiait d'un alibi. Le soir où nous avons vu l'épouvantail armé d'une faux, Mme Chumley et Burrow se trouvaient avec vous à la villa. C'était donc Mme Burrow qui incarnait le croquemitaine. Elle nous a échappé dans l'obscurité et a regagné la villa par-derrière. Elle a vivement dépouillé son déguisement dans la cave, puis elle a téléphoné à la police pour nous rejoindre enfin, légèrement essoufflée et son bonnet de travers, dans la salle de séjour. Pour nous berner un peu plus, elle a alors déclaré avoir aperçu elle-même l'épouvantail par la fenêtre de la cuisine. Du coup, nous n'avons pas douté un seul instant qu'elle fût dans la maison tout ce temps.

— Mais que s'est-il passé au juste la nuit où l'épouvantail a tenté de s'introduire dans la grange de M. Wooley? demanda Bob. Au moment où tu as vu l'épouvantail, Mme Burrow était à la cuisine, son mari devant le poste de télé dans la pièce à côté, et Mme Chumley dans la salle de séjour en compagnie de Mlle Radford. Je ne comprends pas...

— Je suppose qu'en réalité ce n'était pas Burrow que j'ai aperçu devant la télé, répondit le chef des Détectives. Il avait dû asseoir un mannequin quelconque dans le fauteuil, à sa place. N'oublie pas que la pièce n'était éclairée que par le petit écran. Burrow savait que quiconque, jetant un coup d'œil dans cette pièce, pouvait l'apercevoir, mais seulement de façon confuse. D'où l'emploi du mannequin qui lui fournissait un alibi tandis que lui-même allait voler une nouvelle jarre de fourmis dans la grange.

— Je vois.

— Aujourd'hui, continua Hannibal, l'épouvantail qui nous a bouclés dans l'ancienne chambre froide n'était autre que Mme Chumley. Sa chambre se trouvant juste au-dessus du sous-sol, elle a dû nous entendre... à moins que ce ne soit Mme Burrow. De toute façon, peu importe! Ces trois gredins avaient partie liée.

— Mais Mme Chumley n'avait besoin de rien! insista Letitia Radford. Pourquoi aurait-elle employé un couple de voleurs pour l'aider à dévaliser une galerie de tableaux?

— Je crois, expliqua le chef des Détectives, que Burrow et sa femme ont été les premiers à imaginer ce vol. J'ai idée qu'ils ne se sont fait engager ici que parce que le musée Mosby était voisin de la villa Radford. Et ils ont dû se féliciter de constater que la seule occupante de la villa était une femme infirme, bien incapable d'aller fureter au sous-sol!... Par la suite, ils ont dû découvrir que Mme Chumley jouait seulement à la paralytique et celle-ci, de son côté, s'est aperçue qu'ils creusaient dans la cave. A ce stade, il ne leur restait plus qu'à s'entendre. Mme Chumley fermerait les yeux sur les coupables activités du couple. En échange, eux ne divulgueraient pas le fait qu'elle trompait la famille Radford depuis des années. Quand vous êtes arrivée ici, mademoiselle Radford, ces trois coquins formaient déjà équipe. Vous étiez une menace pour eux. Et puis, la peur que vous avez manifestée en voyant *Le magicien d'Oz* leur a donné l'idée d'inventer le personnage de l'épouvantail.

— Stupéfiant! jeta Gerald Malz.

— Un adversaire digne de vous, monsieur Malz! dit Hannibal.

— Quoi?

— Vous n'avez jamais soupçonné que Mme Chumley souffrait de ne posséder qu'une copie de votre fameux Vermeer. Vous ignoriez qu'elle souhaitait passionnément avoir la toile authentique. »

Malz leva les yeux sur le tableau.

« Cette toile faisait partie du marché conclu entre elle et les Burrow, continua le chef des Détectives. Elle ne les dénoncerait pas et leur permettrait de filer tranquillement avec les toiles... à l'exclusion du Vermeer. Elle se réservait *La femme à la rose*!

— Dieu tout-puissant! jeta Malz en allant contempler le tableau de plus près. Mais oui, vous dites vrai! Cette toile est bien celle que l'on a volée au musée! J'aurais dû m'en apercevoir au premier coup d'œil. Mais où est passée la copie?

— Brûlée! répondit Hannibal. J'ai trouvé de petits morceaux de toile dans la cheminée. Je les ai rassemblés dans une poche de papier dénichée à la cuisine. La peinture que vous avez sous les yeux est bien celle qui a été dérobée au musée Mosby aujourd'hui même. Il est étonnant que vous n'ayez pas remarqué son absence quand vous avez identifié les autres toiles à bord de la *Toison d'or*, tout à l'heure.

— Oh... s'excusa Malz. C'est que j'étais tellement bouleversé...

— Oh non! Vous n'étiez pas bouleversé, répliqua Hannibal. En réalité, vous avez tout de suite remarqué ce tableau, ici, un peu plus tôt dans la soirée. Vous ne pouviez manquer de le remarquer. Cette bande de tapisserie quasiment fraîche qui entoure le cadre aurait suffi à attirer votre attention. C'est un indice qui m'a amené à penser que Mme Chumley avait participé au vol. On devine facilement que, maintenant, un tableau plus petit que l'ancien est accroché au mur. Je savais que le Vermeer authentique était légèrement moins grand que sa copie : sa surface ne couvre pas tout à fait la tapisserie que la copie a empêché de se faner. J'ai donc compris : Mme Chumley possédait à présent l'original... qu'elle n'aurait pu obtenir sans être de mèche avec les Burrow. »

Le regard d'Hannibal, fixé sur Gerald Malz, se fit accusateur.

« Vous ne pouviez pas ne pas remarquer que cette toile-ci était plus petite que l'autre, monsieur Malz! Vous avez forcément compris qu'elle venait tout droit de votre galerie. Et pourtant, vous n'avez rien dit.

— J'étais bien trop perturbé par le vol lui-même pour remarquer quoi que ce soit! s'écria le conservateur.

— Perturbé! Allons donc! Après le vol, au contraire, vous avez été étonnamment calme. Les gens que l'on ligote, bâillonne et qu'on retrouve enfermés au fond d'un placard ne sont en général pas aussi impassibles. C'est même en vous voyant, froid comme un concombre, que j'ai commencé à me poser des questions à votre sujet... et aussi au sujet des toiles.

— Je... j'étais profondément bouleversé, assura Malz, même si je ne le montrais pas.

— Après avoir vu Mme Chumley prendre la fuite, enchaîna Hannibal, j'ai examiné de près son Vermeer. La peinture n'en est pas encore absolument sèche... pas suffisamment sèche, du moins, pour pouvoir être jugée ancienne. Je suppose que Mme Chumley n'a pas remarqué ce détail. Sans doute parce qu'elle n'a pas songé à manipuler la toile! Quant à Burrow et à sa femme, ils étaient bien trop pressés pour s'intéresser à un tableau qu'ils n'emportaient pas. »

Tous les regards convergeaient vers le chef des Détectives qui continua tranquillement son exposé :

« Mme Chumley a tout risqué pour entrer en possession du Vermeer original. Peut-être en avait-elle assez de vivre dans une maison qui n'était pas la sienne, avec des gens qui n'appartenaient pas à sa véritable famille. Elle désirait avoir, bien à elle, quelque chose de qualité. Et ce qu'elle a obtenu... c'est un faux! Et puisqu'elle a reçu un faux à la place d'un chef-d'œuvre, il est logique de supposer, monsieur Malz, que toutes les autres volées aujourd'hui dans votre galerie sont également des faux... des copies remarquables, exécutées par un artiste qui s'y entend à imiter n'importe quel grand peintre. »

Le silence régnait dans la pièce. Après avoir respiré à fond, Hannibal reprit :

« Vous vous proposiez de partir en vacances vendredi, monsieur Malz ! Ce jour-là, j'imagine que vous auriez emporté les toiles authentiques en laissant les copies à leur place. Après le vol du musée, vous avez jugé bon de vous tenir tranquille. Vous vous êtes bien gardé d'attirer l'attention sur le tableau — plus petit que le précédent — de Mme Chumley. Quelqu'un aurait pu s'apercevoir qu'il n'était qu'une copie du précieux original... Quand les autres toiles volées par les Burrow ont été retrouvées, vous n'avez pas osé signaler que le Vermeer manquait. Votre intention était de raccrocher le véritable dans la galerie, en temps opportun. Avec un peu de chance, personne ne se douterait de rien. Qui, du reste, se soucierait de suspecter l'authenticité des autres peintures ?... Mais vous n'avez pas eu de veine. A présent, toutes les toiles seront examinées par des experts. Vous serez démasqué au grand jour... A propos, où cachez-vous les toiles originales de la galerie Mosby, monsieur Malz ? Dans votre appartement de Santa Monica, sans doute ? »

Le shérif s'approcha du tableau accroché au

mur et le gratta du bout de l'ongle, puis, se tournant vers Gerald Malz :

« Je crois que les choses tournent mal pour vous », déclara-t-il.

Le conservateur du musée foudroya Hannibal du regard.

« Sale gosse... » murmura-t-il entre ses dents serrées.

Le chef des Détectives ignora superbement l'insulte.

« N'est-ce pas comique ? dit-il. Burrow et sa femme se sont donné un mal fou pour dévaliser ce musée. Et ils n'ont réussi à emporter qu'une magnifique collection de faux. Mais comment auraient-ils pu deviner qu'un magistral coquin était passé par là avant eux ? »

Chapitre 23

Quelques éclaircissements

« Cela fait toujours plaisir de voir la justice triompher », déclara Alfred Hitchcock.

L'illustre metteur en scène, installé à son bureau, était en train de parcourir les notes que Bob lui avait remises un instant plus tôt.

Il regarda les trois détectives.

« Vous méritez des félicitations, jeunes gens ! Il fallait être habile pour deviner que deux espèces différentes de criminels œuvraient pour atteindre un même but. Bien entendu, les méthodes employées étaient également différentes. Elles différaient même grandement ! Quoique géniale, l'idée du tunnel creusé sous la route par les Burrow ne peut égaler le travail réalisé par Gerald Malz dont le pinceau sait si bien imiter les grands maîtres.

— Cet homme est un artiste remarquable, monsieur, dit Bob. On distingue difficilement les originaux de ses faux. Je comprends maintenant pourquoi les musées exigent que les copies d'un chef-d'œuvre n'aient pas les mêmes dimensions que l'original!

— Bien sûr!... Vraiment, mes jeunes amis, j'ai eu grand plaisir à lire vos notes sur l'affaire du sinistre épouvantail. Et je ne suis pas du tout surpris que vous ayez joué un rôle important dans l'histoire du musée Mosby. Bien au contraire, j'aurais été étonné que les Trois jeunes détectives aient laissé passer, si près de Rocky, la possibilité d'éclaircir un nouveau mystère. »

Bob sourit.

« Si l'on en croit Reynolds, dit-il, nous avons le chic pour nous fourrer toujours dans des aventures impossibles.

— Sans les aventures, assura M. Hitchcock d'un ton docte, la vie manquerait certainement de piment. »

Il ferma le dossier sur l'épouvantail et le rendit à Bob.

« Quand vous écrirez la relation définitive de cette histoire, promit-il, comptez sur moi pour la préface. D'ici là... il y a quelques questions que j'aimerais bien vous poser... Par exemple, à propos des références du ménage Burrow, comment ces deux coquins ont-ils pu persuader un lord de les recommander ?

— En réalité, expliqua Hannibal, le véritable nom de Burrow est Smith.

— Ha! ha! fit M. Hitchcock.

— Oui. Robert Smith. Sa femme s'appelle

Evelyne Smith, née Badridge. Le couple a eu d'ailleurs d'autres faux états civils. Ce sont des voleurs de réputation internationale.

— Je vois.

— Un jour qu'ils revenaient d'Angleterre en avion, ils se sont trouvés assis près d'un autre couple du nom de Burrow. Ces gens avaient été, bien réellement, au service de Lord Armiston. Les véritables Burrow avaient l'intention de se retirer en Floride. Les deux couples se séparèrent à New York pour prendre des avions différents. Discutant entre eux de la rencontre, les Smith décidèrent alors de retenir précieusement le nom et l'adresse de Lord Armiston. Un jour, peut-être pourraient-ils demander à celui-ci de bonnes références en se faisant passer pour les Burrow. A l'époque, qui sait s'ils n'avaient pas déjà en tête le vol du musée Mosby! En tout cas, ils ne perdirent guère de temps. Une semaine environ après leur arrivée à Los Angeles, ils s'adressèrent à l'agence de placement de Beverly Hills sous ce nom de Burrow. D'après l'enquête, ces misérables auraient refusé plusieurs places avant qu'on ne leur proposât d'entrer au service des Radford. »

M. Hitchcock émit une objection :

« Mais il aurait pu se passer des mois et des mois avant qu'on ne leur offre cette double place à la villa! Peut-être même des années!

— A défaut du musée Mosby, il existe pas mal de riches demeures pleines d'objets d'art et de bijoux. Les Burrow — ou plutôt les Smith

— en avaient dressé une longue liste, qu'on a trouvée dans leurs affaires. »

M. Hitchcock fit claquer sa langue d'un air désapprobateur.

« Ces gens-là ont commis une sacrée bêtise en conservant la liste en question ! fit-il remarquer. Mais nous sommes tous sujets à commettre des erreurs. D'autre part, Lord Armiston aurait pu recevoir des nouvelles de ses anciens serviteurs et s'étonner de la demande de référence émanant d'une agence de placement de Los Angeles.

— C'est précisément ce qui s'est produit, expliqua Hannibal. Lord Armiston a pris contact avec l'agence, la veille même du jour où le vol a eu lieu. Suite à sa lettre, l'agence a téléphoné à Mme Chumley pour l'avertir que son maître d'hôtel et sa cuisinière pouvaient être des imposteurs. Elle a répondu que cela importait peu, du moment qu'elle était parfaitement satisfaite de leur service.

— La malheureuse ! soupira M. Hitchcock. Elle était entièrement en leur pouvoir.

— A qui la faute ? riposta Hannibal. Elle s'était mise elle-même dans un mauvais cas en feignant d'être infirme. Cependant, vous avez raison. On ne peut s'empêcher de la plaindre. La police a fini par la retrouver à Santa Barbara. Elle était en panne d'essence et essayait de vendre une bague pour se procurer un peu d'argent. Comme elle était partie sans pièces d'identité, le bijoutier, pris de soupçons, a alerté les autorités. Voilà comment on l'a pincée!

— Que va-t-il advenir d'elle? demanda M. Hitchcock.

— Je ne crois pas qu'on la garde longtemps en prison, répondit Hannibal. D'abord, il y a son âge. Ensuite, c'est la première fois qu'elle a maille à partir avec la justice. Enfin, loin de la charger, Letitia Radford a engagé un bon avocat pour la défendre. Letitia peut avoir des défauts, il n'en reste pas moins qu'elle est bonne et pas vindicative pour un sou.

— Ça, c'est l'évidence même, déclara M. Hitchcock. Vu les circonstances, on peut même dire qu'elle se montre très généreuse.

— Ses frayeurs à propos de l'épouvantail semblent l'avoir transformée, reprit Hannibal. Elle nous a annoncé sa décision de ne pas retourner en Europe. Elle préfère rester à la villa de Chaparral Canyon. A l'avenir, nous a-t-elle confié, elle engagera elle-même ses domestiques et compte devenir une excellente maîtresse de maison. Elle envisage même de participer à diverses bonnes œuvres.

— En somme, cette histoire l'a mûrie! opina M. Hitchcock.

— Une seule chose n'a pas changé, dit Peter avec un sourire. Cette chère Letitia saute en l'air et pousse des hurlements chaque fois qu'elle aperçoit un insecte. Je crois qu'elle n'appréciera jamais ce genre de bestioles!

— A propos d'insectes, qu'est devenu Charles Wooley? demanda M. Hitchcock.

— Il est toujours là-haut, sur la colline, avec ses bien-aimées fourmis, expliqua Hannibal. Et Ben Agnier a de nouveau été embauché pour s'occuper de la piscine.

— Voilà qui est parfait! C'est là une conclusion heureuse pour cette aventure peu banale d'un épouvantail... épouvantable!

— Epouvantable, c'est bien le mot, déclara Peter en frissonnant. Jamais personne ne m'a causé une peur pareille!

— Oui, insista M. Hitchcock, l'affaire sortait de l'ordinaire... et elle a nécessité un talent spécial pour la débrouiller... le vôtre, mes jeunes amis! Car enfin, jamais encore vous n'aviez eu autant de suspects... et des suspects qui étaient autant de coupables!»

Table

Un mot d'Alfred Hitchcock 3
1. Etrange agression 5
2. L'entomologiste 13
3. Curieux témoignage 24
4. Une fille bizarre 34
5. Les fourmis 44
6. Une bombe à retardement 51
7. Une histoire terrifiante 58
8. La salle aux trésors 66
9. Le guetteur mystérieux 74
10. Enquête 84
11. L'épouvantail attaque 96
12. Guet nocturne 104
13. Hannibal a des ennuis 114
14. Les fourmis dévoreuses 121
15. Letitia craque une allumette 127
16. Nuit d'épouvante 132
17. Pincé 140
18. Explosion 146
19. Le récit de Ben 153
20. Découvertes 161
21. Dénouement inattendu 166
22. Ultime surprise 173
23. Quelques éclaircissements 183

SERIE

En avant la lecture !

IMPRIMÉ EN FRANCE PAR BRODARD ET TAUPIN
Usine de La Flèche, 72200.
Dépôt légal Imp : 6870H-5 – Edit : 7444.
20-07-8373-05-1 – ISBN : 2-01-017308-2.
Loi n° 49-956 du 16 juillet 1949 sur les publications destinées à la jeunesse.
Dépôt : novembre 1993.